Mots d'écrit

Jules Renard

À M. Paul Cornu

Paris, le 21 octobre 1908

Mon Cher Paul Cornu,

Je vous félicite de votre entreprise. Bien que j'y collabore, je me permets de dire qu'il serait fâcheux, pour les Nivernais, qu'elle ne réussît point. Je ne crois guère, malgré les exceptions, aux littératures régionales ; je croirai toujours au développement intellectuel, artistique et moral d'une province.

Votre programme me séduit : homme de lettres, j'ai confiance en vos collaborateurs d'élite, et maire de village, je me réjouis, par exemple, de recevoir avec profit, comme une bonne leçon, le Cahier de L.-H. Roblin sur l'Administration socialiste d'une municipalité.

Votre idée la moins heureuse sera peut-être de réimprimer, tels quels, pour vos lecteurs, ces Mots d'écrit *que je me garderai bien de relire ; mais vous me dites que si je les trouvais utile il y a cinq ou six ans, ils peuvent l'être encore aujourd'hui, le progrès n'allant pas, d'ordinaire, aussi vite que le temps passe.*

Bon courage, mon cher Paul Cornu ! Vous ne perdrez pas votre peine si, grâce à vos efforts, on apprend à penser un peu plus clair, à parler un peu plus net, à voir un peu plus haut, à se tenir un peu plus droit, en Nivernais, même chez nos amis.

Et je vous sais incapable de regretter une peine noblement perdue.

JULES RENARD.

Lettres de Paris

L'Élection municipale de Chaumot

Paris, 16 octobre 1902.

Elle a été très intéressante, cette élection dans un humble village. En petit, elle ne l'était pas moins qu'une grosse élection parisienne.

On ne pouvait opposer deux candidats plus différents.

D'un côté, une fortune de châtelain, quatre ou cinq fermes qui ont marché comme une seule, un bel acharnement et le désir d'arriver, c'est le cas de le dire, coûte que coûte.

De l'autre, un modeste éclusier, très estimé, mais pauvre et presque sans appui ; car je compte mon appui pour peu de chose. J'encourageais M… et ses camarades, mais c'est tout. Je reconnais que je suis un médiocre entraîneur : je n'aime pas boire, ça me fait mal au cœur, et je n'aime pas faire boire, parce qu'il me répugne de dégrader un homme.

Sauf un conseiller, que d'ailleurs je n'ai pas ébranlé, je n'ai entrepris de convaincre personne.

Pour être franc, j'avoue que j'ai une petite tentative de corruption électorale à me reprocher. Elle ne m'a pas réussi. Je raconterai l'histoire une autre fois ; c'est toujours drôle.

Quand à M… que faisait-il pour son élection ? Il faisait son métier ; le dimanche même du second tour, il éclusait. Sa femme, occupée ailleurs, ne pouvait le remplacer, et tandis qu'il regardait couler l'eau devant lui, c'est le vin qui coulait devant quelques autres.

Au premier tour, les deux partis ont manqué d'ardeur, M. D… exagère quand il écrit qu'il n'a fait *aucune démarche*, et son cheval n'allait pas tout seul, de porte en porte, à Mézières, mais il est certain que l'audace faisait défaut. Les élections de 1900 – encore une histoire à raconter – l'avaient sans doute refroidi. Il se disait : « N'envoyons pas de bulletins ; si je suis battu, je n'aurai pas trop l'air de l'être. » Il oubliait qu'un cavalier se voit de loin.

Au second tour, la lutte a été émouvante. Dès le samedi soir, au coucher du soleil, on voyait des ombres (pas celle de M…) courir et se démener. Le travail a duré une partie de la nuit et la journée de dimanche jusqu'à six heures, jusqu'au roulement du tambour de garde.

Tous les électeurs, cinquante-trois, ont voté. Pas une seule abstention ! Il y avait treize voix à prendre. M. D… en a pris onze ! C'est un joli coup de filet. Il en a même pris douze. Un électeur trop zélé avait mis un bulletin double ; c'était une maladresse, ce bulletin ne pouvant servir à rien, puisqu'en cas d'égalité, M… passait au bénéfice de l'âge. Mais ce bulletin a embarrassé un instant l'assesseur qui l'ouvrait. C'est un très honnête homme, incapable d'une supercherie. Il aurait pu dire tout de suite : « Voilà un bulletin double au nom de M. D… ! » Il a eu tort d'hésiter. Il ne l'a dit qu'après le dépouillement, un peu trop tard. C'est un détail insignifiant ; je ne le note que pour rappeler aux conseillers que la loi municipale est toujours bonne à relire et à respecter.

Il serait facile de dire avec exactitude, quelles étaient ces onzes voix prises par M. D… Je ne veux pas provoquer des rancunes, et je remarque seulement que ces voix ne sont pas toutes sincères. On y compterait les variétés habituelles : il y a l'électeur mécontent qui ne sait pas au juste de quoi ; il y a l'électeur joyeux qui joue une bonne farce ; il y a, hélas ! l'illettré ; il y a l'électeur dont le bulletin change à chaque nouvelle bouteille.

Un bon garçon arrive à la mairie, me croise sur la porte et me dit, chancelant : « Ah ! j'ai bu un coup là-bas, je suis plein ! »

Puis ses yeux troubles me reconnaissent et il ajoute, afin de me rassurer : « C'est égal, ça ne fait rien ! »

Et ça ne me rassurait guère. Je ne suis pas assez naïf pour m'étonner de ces mœurs électorales ; je tâche de tout excuser, mais ce serait si simple de voter le matin, et d'aller boire le reste du dimanche : on n'aurait pas de remords le lundi, et on ne baisserait pas la tête pour éviter de dire bonjour.

Le dimanche soir, au repas qui réunissait, chez Gros, les camarades de M… (car nous aussi, quoique battus, nous avons fait la noce), le calme est revenu : on a ri, on a chanté, on s'est promis de ne pas se lâcher.

Je regardais, à table, ces paysans que je connaissais mal, dont je voyais deux ou trois figures pour la première fois, et je me disais : « Mais ceux-là, pourquoi sont-ils ici ? Pourquoi ne les a-t-on pas pris avec les autres ? On les a tentés, c'est sûr, pourquoi n'ont-il pas cédé ? Qu'attendaient-ils de M… ? rien. Par quel sentiment lui sont-ils restés fidèles ? Est-ce par un sentiment obscur de dignité humaine ? Et ce sentiment d'honneur, ne devrait-on pas chercher à l'entretenir et à le développer ? »

Cette réflexion a donné de la force à un projet que j'avais depuis longtemps. Je l'ai aussitôt communiqué à M. Lahaussois. Le voici : c'est très simple. Je me propose de *causer, de temps en temps*, avec les gens de Chaumot, de Chitry et même des communes voisines.

Mes occupations me retenant à Paris neuf mois sur douze, ce journal nous servira d'intermédiaire. Qu'on ne s'y trompe point, ce n'est pas une série d'hostilités que je commence. Je n'ai aucune ambition à la campagne. Celles que je peux avoir, je les satisfais de mon mieux à Paris. Je ne suis pas l'ennemi personnel de M. D…, je ne connais de lui qu'une silhouette de cavalier et de chasseur en culotte blanche ; ça ne suffit pas pour condamner un homme. Il y a bien les on-dit, mais si j'écoute les racontars qui m'amusent, j'en prends et j'en laisse, j'en laisse surtout. Nul ne peut prévoir quel homme public sera M. D… Pour le juger, il faut attendre : j'attendrai.

Je déclare simplement qu'étant conseiller municipal à Chaumot, je veux, jusqu'à ce que je ne le sois plus, être un conseiller *sérieux*, comme je tâcherai, puisque grâce à M. l'inspecteur primaire je suis délégué cantonal, d'être un délégué cantonal *utile*.

Je ne désire pas, selon l'expression usitée, *faire de la politique*, je désire *faire de la morale* ; je dirai à ceux qui voudront bien me lire : « Voilà ce qui se passe à la mairie, à l'école, voilà quelle est la vie publique de notre petit pays, qu'en pensez-vous ? »

Je ne le dirai pas toutes les semaines, ça deviendrait monotone, je le dirai chaque fois que ce sera nécessaire.

Un électeur criait l'autre soir, sur la route de Chitry à Chaumot, avec une colère amusante contre lui-même : « Je ne veux plus voter comme une bête ! Je ne veux plus voter comme une bête ! »

Il avait raison, et puisque cet électeur a besoin de réfléchir, de s'éclairer, de comprendre, je l'aidera avec plaisir, lui et les autres, ceux qui voudront. S'ils ne reçoivent pas ce journal, qu'ils me le réclament. M. Lahaussois et moi, nous serons heureux de nous entendre pour que *l'Écho de Clamecy* parvienne à tous les lecteurs de bonne volonté.

(*Écho de Clamecy*, 19 *octobre* 1902.)

Aux Gens de Chaumot et d'ailleurs

Paris, 30 octobre 1902.

Depuis dimanche dernier, M. D... a l'honneur d'être maire de Chaumot.

Tous ces temps-ci, la veine favorise M. D... Au premier tout de l'élection municipale, avec deux voix de plus, son concurrent M... passait ; au second tour, avec un déplacement de trois voix, M. D... restait battu. Ces chiffres prouvent que sa victoire n'a pas été un triomphe et que la commune de Chaumot ne l'attendait pas comme le

Messie.

Pour la nomination du maire, M. D… l'a encore échappé belle : nous pouvions être cinq contre cinq, et le plus âgé étant avec nous, son élection semblait assurée. L'accord a duré quatorze jours ; au dernier moment, notre doyen a refusé. Je devine les raisons de ce refus ; elles sont peu viriles, mais notre doyen était libre et je me borne à lui dire qu'il ne retrouvera pas demain une pareille occasion.

Il n'en reste pas moins vrai que cinq conseillers sur dix voient sans enthousiasme l'élection de M. D… ; mais il faut accepter le fait accompli avec crânerie et bonne humeur.

Je ne suis point de ceux qui disent que ce n'était pas la peine de changer. Les maires sont comme les amis, et vous connaissez la chanson sur les amis :

Les amis de l'heure présente
Ont le naturel du melon ;
Il faut en essayer cinquante
Avant d'en rencontrer un bon.
Or, l'ancien maire n'était pas l'idéal. À la fin surtout, il donnait l'impression d'un maire amateur fatigué. Il l'a compris lui-même, il s'est retiré sans explications ; je ne veux pas être, pour l'instant, moins discret que lui, mais j'avoue que je n'ai pas l'hypocrisie de le regretter.

Le rôle d'un maire en effet, ne consiste pas à signer des papiers, quelquefois sans les lire, ni à lire, quelquefois sans les comprendre, des budgets obscurs à des conseillers qui écoutent mal. Un maire a charge d'âmes, comme M. le curé. Il ne faut pas seulement, à une pauvre petite commune, un monsieur quelconque qui l'administre comme le ferait le premier employé venu ; il lui faut encore un homme sage et serviable, au courant des besoins particuliers de chacun, et que chacun puisse consulter comme un guide sûr et impartial. Un maire se doit *tout entier* à sa commune et sa commune ne lui doit que de la gratitude.

Parler ainsi, c'est avoir, je le sais, aux yeux des égoïstes, l'air d'un faiseur d'embarras ; je ne crains pas d'avoir cet air-là et je reviendrai plus d'une fois sur cette importante question. Donc, ne pleurons plus l'ancien maire, et faisons au nouveau une figure polie.

Quoique je reste un de ses conseillers, je n'ai pas à lui donner des conseils qu'il recevrait mal, mais je peux prédire avec certitude ce qui arrivera.

Ou bien le nouveau maire a de l'intelligence, de l'instruction, des qualités morales, l'esprit de justice, le cœur généreux (pourquoi n'aurait-il pas tout cela ?) et alors son affaire est bonne et celle de la commune aussi : on ne verra plus à Chaumot de vieillards sans pain, de malades sans soins, d'hommes valides sans travail et d'enfants sans joie : Chaumot sera un coin de paradis et les conseillers voteront chaque année à leur maire des félicitations reconnaissantes.

Ou bien le nouvel élu n'a pour lui que sa fortune et rien avec, et alors son affaire est également claire. Ses ennemis n'auront même pas besoin de bouger. Ses électeurs lui tourneront le dos avec autant de facilité qu'ils viennent de lui faire la révérence, et il restera tout seul, et il tombera sans qu'on le pousse, car c'est impossible, à Chaumot comme ailleurs, de ne se maintenir que par l'argent et par l'arrogance que l'argent donne aux mauvais riches.

(Écho de Clamecy, 2 novembre 1902.)

Chaumot

Paris, 6 novembre 1902.

Je suis allé prendre l'air de Chaumot à l'occasion des fêtes de la Toussaint.

Il y avait chaque matin une épaisse brume humide et froide, mais le soleil finissait par la percer. Je ne sais rien de plus agréable à voir que ce coin de la Nièvre doucement réchauffé par un soleil de novembre.

Il semble que ce bon soleil ait pénétré jusqu'au cœur des gens de Chaumot. Ils m'ont paru calmes et souriants.

Ceux qui s'écroulaient de joie et même d'ivresse tout le long du mur du château, se tiennent debout maintenant, comme des hommes raisonnables.

Quelques-uns n'ont plus qu'une envie, celle de s'embrasser, peut-être trop vite.

Ma foi, tant mieux ! pourvu que ça dure !

Mais que vont dire les braves gens qui espéraient que le nouveau maire allait « *balayer tout ça* ».

Tout ça, c'est-à-dire l'adjoint, le garde champêtre, le secrétaire de mairie, l'institutrice, etc., etc. et sans doute aussi deux ou trois conseillers parmi lesquels il faut bien que j'aie la modestie de me compter.

Fichtre ! ils en ont de l'ardeur, ces braves gens, à manier le balai, dès qu'ils se croient du côté du manche !

Les voilà tout désappointés.

(Écho de Clamecy, 9 novembre 1902.)

Une Misère

Paris, 13 novembre 1902.

J'apprends qu'une pauvre femme quitte Chitry-les-Mines pour aller à Corbigny.

Elle n'aura pas de peine à s'y trouver plus heureuse. J'ai lu peu d'histoires aussi lamentables que la vie de cette femme abandonnée.

Et savez-vous quelle faute, quel crime les gens de Chitry (pas tous, il y a du bon et du mauvais à Chitry comme ailleurs) reprochaient à cette mère de quatre enfants, sans compter celui qui va naître ? Ils lui reprochaient spécialement d'être étrangère.

Étrangère ! qu'est-ce que cela veut dire ? Je connais là-bas un honorable fermier qui, sous prétexte qu'il est venu de chez lui prendre à bail les terres d'un autre, s'imagine en être le propriétaire par droit de naissance et traite tout le monde d'étranger.

Étranger, le fonctionnaire qui passe sa vie au service de la commune !

Étranger, l'instituteur qui élève des générations d'enfants du pays !

Étrangère, telle famille qui, séduite par la beauté du paysage, s'y installe et, en échange de l'accueil qu'elle reçoit, consacre une part de son temps et de ses ressources au bien-être commun !

Tous étrangers, sauf l'honorable fermier ! Il a beau venir de son pays, lui seul n'est pas étranger dans le pays des autres.

Et il n'est pas le seul qui soit possédé de ce petit travers.

Autre exemple : Un garçon (ou une fille) lâche tout jeune son pays natal, se place à Paris, y reste vingt, trente ans, y fait sa pelote et, de retour au village, s'écrie, les bras levés au ciel : « Il n'y a plus que des étrangers ici ! »

Notez qu'il était bien aise, pendant son absence, de louer à l'un de ces étrangers sa maison paternelle.

Quelle drôle d'espèce de patriotisme !

Et cette horreur de l'étranger en poursuivra quelques-uns jusque dans la tombe. Oui, il en est qui pâlissent à l'idée de dormir au cimetière près d'un mort qui ne serait pas du pays.

Or, ces patriotes de village, ces simples égoïstes plutôt, sont d'ordinaire de ceux qui ne manquent jamais la messe. Que font-ils donc à l'église ? Ils n'écoutent donc pas quand on leur parle de Jésus-Christ, quand on leur explique sa parole sublime sur la fraternité ?

À les entendre, on croirait que cette pauvre femme qui les quitte était venue à Chitry pour son plaisir, pour la joie d'y étaler sa misère.

Hélas elle y est venue parce qu'elle ne savait où aller. Si peu qu'on tienne de place, il faut pourtant habiter quelque part. Elle serait allée dans un pays meilleur, au pays de cocagne, au paradis, si elle avait pu.

Elle s'est arrêtée à Chitry, comme une épave humaine, comme fait la bûche perdue dans la rivière de l'Yonne, le *canard* de flottage qui s'écarte du courant, se cogne à tous les obstacles du bord et finit par sombrer.

Je suis sûr que plus d'une fois, au lavoir de Chitry, cette femme a eu la tentation de se jeter à l'eau, elle et ses petits.

Je n'exagère pas : sans le secours de quelques voisins, dont les uns étaient presque aussi pauvres qu'elle, et dont les autres, riches, auraient fait mieux s'ils avaient été mieux renseignés, moins mal entourés, cette femme crevait de faim, elle crevait de faim sur place, à la honte de Chitry !

Elle s'en va. Tant mieux pour elle !

Sa nouvelle patrie lui sera hospitalière.

Je me permets de la recommander aux personnes charitables de Corbigny. Quelques-unes déjà se sont occupées d'elle. Je peux la nommer aux autres. À ce degré, la misère ne doit plus avoir de pudeur.

Cette malheureuse s'appelle Marguerite Paupert.

Pauper, en latin, cela veut dire *pauvre* !

En voilà une qui n'a pas volé son nom et qui se serait bien passée de le prendre.

(*Écho de Clamecy*, 9 *novembre* 1902.)

Des bruits courent

27 novembre 1902.

Un paysan qui, à force d'économies, place cent francs, peut s'apercevoir très vite qu'il vient de s'acheter mille francs de soucis.

En effet, comme ce paysan cause de ses petites affaires avec M. Paul, il lui confie qu'il a déposé son épargne de cent francs à la Société X…

« – Oh ! oh ! dit M. Paul, prenez garde ! – À quoi ? – Il court des bruits. – Quels bruits ? – Je ne vous en dis pas plus long. – Que faire ? – Ça vous regarde, je vous ai prévenu. »

Le paysan, d'abord inquiet, se calme ; il remarque avec finesse que M. Paul est d'un parti, qu'il y a sans doute là-dessous des histoires électorales, et il consulte M. Pierre qui est justement du parti opposé.

« – Vous connaissez la Société X... – Je la connais, dit M. Pierre, parce qu'elle existe depuis longtemps. – Est-elle sûre ? – Comme toutes les Sociétés surveillées par l'État. – Sûre, sûre ? – Rien n'est sûr, sûr, que l'État, et encore ! – Oh ! l'État, c'est sûr, dit le paysan. – Bien ! dit M. Pierre, vous avez confiance dans la République. – J'ai confiance dans l'État. – L'État ou la République, c'est la même chose. – Je n'ai confiance que dans l'État, dit le paysan. – Soit. Il fallait vous faire inscrire au Grand-Livre de l'État. – Je n'avais pas assez d'économies. – Laissez-les donc à la Société X... – Mais, dit le paysan, vous savez qu'il court des bruits ? – Non. Quels bruits ? – Je ne sais pas. – Alors ? – Alors, je me défie. – De quoi ? – Des bruits qui courent. – Vous n'êtes pas raisonnable. – C'est possible. Mais que me conseillez-vous ? – De dormir tranquille, dit M. Pierre. »

Le paysan dort une nuit, deux nuits ; la troisième nuit, il ne dort pas. Il retourne vers M. Paul.

« – Eh bien ! demande-t-il, et ces bruits ? – Ils courent toujours, dit M. Paul. – De quelle espèce, ces bruits ? – De mauvais bruits. – Vrais ou faux ? – On ne sait jamais. – Qui les fait courir ? – Ils courent seuls. – Vous, monsieur Paul, y croyez-vous, à ces bruits ? – Il n'y a pas de feu sans fumée. – La Société X... va donc me ruiner ? – Je ne dis pas cela. – Que dites-vous donc ? – Je dis qu'il court des bruits. – Monsieur Paul, un homme comme vous est renseigné. Je vous supplie de me donner un conseil. Que me conseillez-vous ? – La prudence. – Vous me conseillez de retirer mon argent ? – Réfléchissez. – À ma place, que feriez-vous ? – Je ne suis pas à votre place, dit M. Paul. »

Et le paysan, affolé, va retrouver M. Pierre. Mais M. Pierre s'impatiente et lui dit : « – Vous êtes insupportable avec vos bruits. Je vous répète que, moi, j'ai beau écouter, je n'entends rien. Ces bruits mystérieux, vous les tenez de quelqu'un. De qui ? – De M. Paul, avoue le paysan. – Et M. Paul ne prend pas la peine de les justifier ? – Non. – Il ne vous donne aucune preuve ? – Aucune. – En ce cas, mon brave homme, voici mon avis : Retirez votre argent de la

Société X… et portez-le dans la caisse de M. Paul. Ce doit être ce qu'il attend. Allez, bonsoir, et tâchez encore de dormir. »

Mais le paysan ne se décide pas ; il ne retire pas son argent, et il ne dort pas mieux. Il se défie de la Société X…, de Paul, de Pierre, de la République et même de l'État. Et le voilà bien malheureux.

Mais quel est le plus blâmable ? Le paysan qui pèche par ignorance naturelle, ou M. Paul qui pèche par ignorance voulue ?

(*Écho de Clamecy,* 30 *novembre* 1902.)

Une Question de Catéchisme et de Liberté

Je viens de porter, treize jours, la capote du territorial, et pendant ces treize jours, je n'ai pas pu causer avec mes lecteurs. Dimanche prochain, je parlerai de la fameuse question du catéchisme à Chaumot. Si ce n'était qu'une question de catéchisme, j'avoue qu'elle ne m'intéresserait guère, il y a longtemps que je sais qu'on peut être honnête homme, sans le secours de M. le curé ; mais c'est aussi une question de liberté. Par là, elle dépasse les limites de la commune de Chaumot, et elle offre un intérêt général dont les villages voisins peuvent tirer profit.

J'espère montrer que, malgré l'excellente attitude du conseil municipal, cette question si simple est devenue, grâce à des mauvaises volontés supérieures, plus embrouillée qu'une filasse de chanvre aux griffes d'un chat.

J.R.

Je préviens les personnes qui me lisent que je signe toujours mes articles de mon nom, au moins de mes initiales. Je ne suis responsable que de ceux-là.

(*Écho de Clamecy,* 14 *décembre* 1902.)

Paris, le 18 *décembre* 1902.

La commune de Chaumot n'a pas d'église. Elle a des auberges, des fermes, des maisons de rentiers, des châteaux, une école, une gare, un port de commerce ; elle a tout ce qu'il faut, ou à peu près, mais elle n'a pas d'église. Et c'est heureux, car si elle avait une église, il ne lui manquerait plus rien et on ne pourrait plus rien lui promettre la veille des élections. Imaginez le chagrin d'un candidat qui n'aurait aucune promesse à faire à ses électeurs. Quelle bonne fortune s'il peut leur dire : « Comment ? vous n'avez pas d'église ? C'est extraordinaire ! Une commune qui n'a pas d'église, ce n'est pas une commune, c'est un hameau, c'est moins que ça, c'est une grange, ce n'est rien du tout. Il vous faut une église ; vous aurez une église de gré ou de force. Attendez que je sois maire et je vous la donnerai, moi, votre église, et pas une petite église haute comme une cabane de cantonnier, mais une vraie église avec un grand clocher, une belle cure et un bon curé dedans… Et je parie que vous n'avez pas de bureau de bienfaisance. Non ? Ça, c'est inouï ! Une commune qui n'a pas son bureau de bienfaisance est déshonorée. À quoi pense votre maire ? Nommez-moi à sa place, et je vous apporte, avec l'église, un bureau de bienfaisance, et pas un bureau vide, mais un joli bureau tout neuf, où je mettrai d'abord de ma poche quatre ou cinq billets de 100 francs ! »

L'électeur, qui n'est pas aussi malin qu'il se croit, mais qui n'est pas non plus aussi naïf qu'on le croit, écoute ces promesses et se dit : « Si le monsieur ne les tient pas toutes, il en tiendra au moins une. Si je n'ai pas une raffinerie, j'aurai peut-être un morceau de sucre. Et puis, ça m'amuse de changer de maire. Nommons le monsieur. »

Quelque temps après, le nouveau maire dit au paysan : « Ce serait bien cher, la chapelle. – Quelle chapelle ? dit le paysan. – La nôtre. – Vous aviez parlé d'une église. – Oh ! une église, avec les impôts qui pèsent sur la commune ! Contentons-nous d'une chapelle. – Oui, dit le paysan. L'aura-t-on bientôt ? – Bientôt ! bientôt ! Ça ne pousse pas comme une salade. – Je m'en doute, dit le paysan. – Quant au bureau de bienfaisance, ajoute le maire, ça nécessite des tas de formalités. – Ah ! – Le préfet a des exigences ! – Il a tort, dit le paysan. »

Et le paysan retourne à sa charrue. « Tous les mêmes, se dit-il.

Bah ! la prochaine fois, j'en nommerai un meilleur. Ça m'amuse ! »

Revenons à la commune de Chaumot, qui continue de n'avoir ni église, ni chapelle. Elle dépend de l'autorité spirituelle de Pazy, ce qui ne veut pas dire que les gens de Pazy, qui sont modestes, aient plus d'esprit que les gens de Chaumot ; cela veut dire que chaque fois que les gens de Chaumot ont besoin de se faire baptiser ou enterrer, de se marier ou simplement de prier, il faut qu'ils aillent à Pazy. Or Pazy se trouve à *trois kilomètres* de Chaumot. Sans doute, les gens de Chaumot ne se font pas baptiser et ne se marient pas tous les jours. Ils meurent le moins possible et la messe du dimanche suffit même aux femmes. C'est une promenade pour elles de se rendre à Pazy, par groupes, causant de leurs petites affaires, à l'ombre des bois du Bouquin. Il n'y a donc pas grand mal à ce que Chaumot demeure sous la dépendance paroissiale de Pazy.

Mais depuis la loi sur l'instruction gratuite et obligatoire, Chaumot a une école, une école mixte, bien construite, bien placée et bien tenue, qui a coûté un bon prix que les parents ne regrettent pas, car ils trouvent très commode d'y envoyer, même avant l'âge légal, leurs petits garçons et leurs petites filles. Et tout se passe au mieux dans cette école, jusqu'à ce que les enfants aient l'âge d'aller au catéchisme. Alors, ça se gâte. – Pourquoi ? – Parce qu'il faut qu'ils aillent au catéchisme à Pazy. – À *trois kilomètres* de Chaumot ? – Mais oui. – Tous les jours ? – Tous les jours, pendant deux ans !

Et les gens de Chaumot disent : « Ah ! non, c'est trop, c'est un abus. Nous renonçons à devenir une paroisse parce que nous avons nos morts au cimetière de Pazy, c'est un lien sacré, et pour ne pas le rompre, nous faisons, par scrupule religieux et piété filiale, un sacrifice de temps, d'argent et de travail. Soit, passe pour nous, les grandes personnes, mais pour nos enfants, c'est une autre affaire. Vous exigez qu'ils fassent *six kilomètres* chaque matin, deux années de suite, dans la bonne et la mauvaise saison. Il leur arrive, l'hiver, de partir avec les lanternes ! Au retour, ils s'amusent le long du chemin ; ils reviennent trop tard à l'école ou trempés, crottés, éreintés, incapables d'entendre les leçons de l'institutrice, qui perd sa peine et se décourage. Nous protestons, nous réclamons, *sinon pour tous les enfants, du moins pour ceux dont les parents le désirent*, la liberté d'aller suivre le cours de catéchisme à l'église de Chitry, qui est là, en face, à 500 *mètres* seulement de Chaumot, et qui, pour être d'une autre paroisse, n'en est pas moins une église du bon Dieu. »

Voilà ce que demande la commune de Chaumot depuis plus de dix ans ! Ce qu'elle a fait demander, à trois reprises, par son conseil municipal et, par l'intermédiaire du préfet, à l'évêque de Nevers. Y a-t-il un vœu plus clair, plus net, plus simple, plus raisonnable, plus humain et, j'ose le dire, plus chrétien ! Un enfant, un enfant trop jeune pour aller au catéchisme, comprendrait. M. le curé de Pazy, qui n'est plus un enfant, qui est même un homme fin, paraît-il, ne peut pas ne pas comprendre.

Je vous dirai, la semaine prochaine, quelle est sa réponse. Je dis la sienne, car il va de soi que l'évêque de Nevers, mal renseigné, n'est pas en cause.

(*Écho de Clamecy, 21 décembre* 1902.)

Paris, le 25 *décembre* 1902.

Je disais, dans mon dernier article, que l'évêque de Nevers n'était pas en cause, et je le prouve, avant de prouver que M. le curé de Pazy est le principal acteur, dans un but qu'il n'avoue pas, de cette petite comédie de village.

En effet, à la réclamation si sensée des familles de Chaumot, faite sur un ton si modéré et renouvelée trois fois, que répond l'évêque de Nevers ?

Une première fois, le 14 janvier 1891, il refuse net « à cause des graves atteintes qui seraient portées à l'esprit paroissial ». Quelles atteintes ? Il ne le dit pas.

Une deuxième fois, le 19 novembre de la même année, il refuse d'abord aussi nettement que la première fois, pour des raisons qui ne varient pas, « puisque, au jugement du curé du lieu (*M. le curé de Pazy*), elles sont tirées du principe du bon ordre paroissial ». Quelles raisons ? Cherche. Esprit paroissial ! bon ordre paroissial ! Qu'est-ce que ces mots signifient ? On ne daigne pas nous l'expliquer. Ça ne nous regarde pas. Cependant, à cette deuxième réponse, l'évêque, comme s'il se ravisait, ajoute ces quelques lignes inespérées, pleines de sens et même de bon sens. « *Au demeurant,* dit-il, *je ne verrais aucune difficulté et je verrais même des avantages sérieux à ce que les fractions de la commune de Chaumot, très rapprochées de Chitry, fussent distraites, au spirituel, de la paroisse de Pazy, et rattachées à celle de Chitry. »*

Eh bien ! mais voilà une excellente réponse. C'est ce que désirent les gens de Chaumot. Il valait donc mieux s'adresser à l'évêque qu'à son curé. Vive monseigneur l'évêque ! il faut lui témoigner notre gratitude, en apprenant bien notre catéchisme… à Chitry.

Hélas ! nous n'y sommes pas encore. Nous n'y sommes pas du tout. Depuis cette réponse de l'évêque datée du 17 novembre 1891, jusqu'à l'année 1903, où nous entrerons demain, la question n'aura pas bougé d'un pas. Cette judicieuse réponse, communiquée à MM. les curés de Pazy et de Chitry, a été reçue avec de fins sourires ecclésiastiques ; l'église de Chitry reste toujours fermée aux enfants de Chaumot qui continuent de faire, chaque matin, du côté de Pazy, leurs quotidiennes promenades de six kilomètres, par ce froid et par cette boue.

Je demandais tout à l'heure : qu'est-ce que l'esprit paroissial ? Est-ce que, très différent de l'esprit militaire, l'esprit paroissial consiste, pour un curé, à ne pas écouter ce que dit un évêque, et pour un évêque, à écrire au curé des lettres dont il importe peu que le curé ne tienne aucun compte ?

Une troisième fois, le 1er juin 1902, le conseil municipal de Chaumot revenait à la charge. Il allait même, comme s'il était riche, jusqu'à offrir une allocation au curé de Chitry, sans préjudice de celle qu'il offre déjà au curé de Pazy. Il croyait par sa générosité les mettre d'accord.

Cette troisième requête, le maire et tous les conseillers présents l'ont signée, tous, même M. G… Fallait-il que la cause fût juste ! Il est vrai que Mme G… n'assistait pas à la séance. M. G… de T… était alors maire de Chaumot. Cet homme, d'ailleurs distingué, se sentait malade dès qu'il s'agissait de cette inévitable question de catéchisme. Il venait de rédiger la délibération, de la faire signer et de la signer lui-même ; quand il fallut la transmettre, elle lui fit brusquement une telle peur, qu'il aima mieux jeter là l'écharpe. Il est parti et on ne l'a plus revu.

Ne riez pas. J'ai lu, dans les journaux, il y a quelque temps, que le maître d'une petite commune de Saône-et-Loire s'est pendu à un arbre parce qu'il lui était impossible de donner satisfaction à tous ses administrés.

Le cas de M. G… de T… est moins grave. Le maire parti, c'est l'adjoint Simon Chalumeau qui a fait régulièrement parvenir à l'évêque une copie de la délibération. L'évêque, toujours poli, a encore répondu, mais il est évident que cette histoire interminable finit par l'importuner. Il ne sait plus que répondre. Il répond ce que lui souffle, par esprit paroissial, M. le curé de Pazy, et c'est d'une rare insignifiance. Jugez-en : il paraît que M. le curé de Chitry, en raison de son âge et de son état de santé, ne peut accepter un surcroît d'occupations. Vraiment ? M. le curé de Chitry, qui a l'air solide, est fatigué à ce point ? Il n'a plus la force de demander à trois ou quatre petits enfants de Chaumot qui viendraient jusqu'à lui : « Êtes-vous chrétien ? qu'est-ce qu'un chrétien ? » Mais comment trouve-il l'énergie de monter en chaire et de tonner contre les « énergumènes » ? Quelle imprudence, à cet âge, en cet état de santé !

C'est tellement puéril que je ne discute plus et que j'irai, dans mon prochain article, droit à la vérité, qui est celle-ci : M. le curé de Pazy fait, sans se lasser, une guerre sourde à l'école mixte de Chaumot au profit de l'école des sœurs de Pazy.

Et vous verrez qu'il n'y a rien de plus facile à démontrer.

(*Écho de Clamecy, 28 décembre* 1902.)

1er Janvier 1903

J'ai dit que le cas de Chaumot se complique d'une petite guerre occulte qui peut être funeste à l'école laïque, si ses défenseurs attitrés n'y prennent garde. J'y reviendrai plus tard. Rien ne presse. Mieux vaut ne chagriner personne cette semaine.

J'apprends avec plaisir que j'ai l'honneur d'être délégué cantonal aux écoles de Chaumot, Chitry et Marigny-sur-Yonne.

De Chaumot à Marigny, par le canal, et de Marigny à Chitry, par la rivière, ce sera, pour moi, une agréable promenade. Si je fais, sur l'éducation primaire, quelques remarques d'intérêt général, je ne manquerai pas de vous les communiquer.

Je ne veux, aujourd'hui, que souhaiter aux lecteurs de *l'Écho de Clamecy* une bonne année de santé, de travail et de sagesse. Je ne leur souhaite pas le paradis ; ça regarde M. le curé, et nul ne peut y aller sans sa permission.

Je ne leur souhaite pas, non plus, beaucoup d'argent. Il paraît, de l'aveu même des riches, que l'argent a quelque chose de méprisable. Le célèbre milliardaire américain Andrew Carnegie, surnommé le roi de l'acier, a publié un *Évangile de la Richesse* où il déclare que personne n'a le droit d'être riche sans en faire profiter les autres. En moins de trente ans, il a *donné* près de 175 millions ! « Qui meurt riche, a-t-il dit, meurt déshonoré. »

À première vue, cette belle pensée du roi de l'acier étonne. Mais au fond, elle doit être vraie. Et puis, elle console les pauvres, et nous connaissons tous, n'est-ce pas, quelques braves vieux de village qui sont sûrs, si « *l'homme qui meurt riche meurt déshonoré,* » de mourir avec une bonne réputation.

(*Écho de Clamecy,* 4 *janvier*1903.)

La Petite Guerre des Écoles

15 janvier 1903.

Il manque à la commune de Chaumot et à toutes les communes qui ne sont pas riches, c'est-à-dire à presque tous nos villages, une école maternelle où les enfants puissent être admis de deux à six ans.

Il est regrettable que ces villages n'aient pas la chance de Corbigny, par exemple, qui peut confier ses générations de mioches aux soins d'une femme admirable qu'on appelle, avec un respect familier, tante Sophie. Je peux bien la nommer, puisqu'elle est célèbre dans le canton. Son modeste dévouement ne date pas d'hier : elle a élevé les papas de tous les petits qu'elle élève aujourd'hui. Elle mériterait, par ses vertus, que l'Académie lui décernât le prix Montyon. Je l'écris comme tout le monde, à Corbigny, le pense.

En attendant que chaque village ait la bonne fortune de posséder une tante Sophie, plus d'une école primaire ressemble un peu, par nécessité, à une école maternelle.

C'est ainsi que l'école de Chaumot reçoit des enfants qui savent à peine marcher et qui, certainement, ne savent pas se moucher. L'institutrice les accepte par obligeance et par raison :

« Je les garderai de mon mieux, se dit-elle, pour débarrasser les familles, jusqu'à ce qu'ils deviennent de vrais élèves, et j'espère qu'on m'en saura gré, qu'on me les laissera le plus longtemps possible, et que je pourrai présenter les meilleurs au certificat d'études, ce qui sera ma récompense. »

Voilà le raisonnement bien naturel de l'institutrice.

Il est impossible de nier le service qu'elle rend aux familles, et il faut reconnaître qu'elle n'a pas beaucoup d'agrément à surveiller, tout en faisant sa classe, des gamins qui n'ont guère envie que de jouer ou de dormir. On devrait ajouter trois ou quatre lits au mobilier scolaire.

Cependant, je l'ai dit, ça va bien jusqu'au catéchisme, et c'est alors seulement que l'institutrice perd ses illusions.

Un jour, en effet, telle maman, dont la petite fille continuait d'aller à l'école de Chaumot, mais suivait déjà les cours de catéchisme à Pazy (six kilomètres aller et retour), voir venir à elle, comme par hasard, une personne au sourire farineux, aux manières douceâtres, qui lui tient à peu près ce langage :

« – Oh ! la belle petite fille ! C'est à vous, Madame ? Je vous félicite. Quelle heureuse mère vous êtes ! Comment s'appelle-t-elle ? Marie. Oh ! le joli nom, le nom de la Sainte Vierge. Il faut être sage, mademoiselle, quand on s'appelle Marie. Mais il me semble que j'ai vu Mlle Marie quelque part. Est-ce qu'elle ne va pas au catéchisme à Pazy ? Oui. Justement M. le curé m'en parlait jeudi dernier. Il me faisait son éloge. C'est, paraît-il, sa meilleure élève. Elle apprend tout ce qu'elle veut. Ça ne m'étonne pas, elle a l'air si intelligent ! Quel dommage qu'elle soit obligée de faire cette vilaine course de six kilomètres chaque matin. Pauvre petite ! elle se fatigue ; elle compromettra sa santé. Mais il y a une école de filles à Pazy, pas l'école publique… non, l'autre, une école privée… une école modèle, celle de nos chères sœurs. Pourquoi la gentille Marie n'y viendrait-elle pas ? Elle apporterait son déjeuner. Inutile de mettre dans son panier des friandises. Nos chères sœurs font des confitures délicieuses. De cette façon, Marie se reposerait toute la journée entre ses deux promenades. Sa santé, ses études et son catéchisme n'auraient pas à en souffrir. Je vous assure que ces dames seraient enchantées de l'avoir. Elles en feraient quelque chose, une petite merveille ! Et quelles charmantes camarades on lui donnerait ! Vous savez que les petites filles de l'école des sœurs, pas celles de l'autre école, qui est l'école du diable, ont un banc spécial à l'église ; vous savez qu'elles seules peuvent chanter, qu'elles tiennent la tête aux processions, que… que…, etc., etc. Au revoir, chère Madame ! Au revoir, mignonne !… »

Imaginez dans quel état ce discours met la pauvre maman de Chaumot. Elle ne fait que rougir et balbutier. C'est la première fois qu'elle assiste à pareille fête. Elle ne se savait pas la mère d'une telle fille. Elle s'enfle d'orgueil maternel au point que les cordons de son tablier craquent… et vous devinez bien la suite.

(*Écho de Clamecy*, 18 *janvier* 1903.)

Chitry-les-Mines

Samedi, 7 mars 1903

Je m'excuse aujourd'hui de parler de moi. Ce ne sera pas long. C'est pour rectifier un minuscule point d'histoire locale et littéraire.

Défions-nous des biographies des grands hommes morts, car celles des petits hommes qui vivent encore, et qui peuvent donner eux-mêmes des renseignements exacts, n'échappent pas toujours à l'erreur.

Récemment, l'*Indépendance de Clamecy*, à la fin d'un article fort aimable dont je remercie son auteur, me faisait naître à Chaumot. Hier, le *Temps*, le grave journal de Paris, me présentait à ses lecteurs comme un Nivernais de Nevers, où j'aurais passé toute mon enfance.

Je réclame, poliment, mais je réclame : il le faut. Le silence serait de l'ingratitude pour mon vrai village qui est Chitry-les-Mines, près de Corbigny.

Je ne prétends pas que j'y sois né, non, puisque mon acte de naissance, dûment légalisé, affirme que ce mince événement arriva à Châlons-sur-Mayenne (je ne sais même pas où ça se trouve !), mais j'ai le droit de me dire enfant, enfant par le cœur, de Chitry-les-Mines, car c'est le pays de mon père qui fut un sage regretté. C'est bien là que sont nées mes premières impressions, et c'est jusque-là, et ce n'est pas plus loin, que remontent mes plus vieux souvenirs d'âge tendre.

Et quel charmant pays que ce Chitry !

Je ne voudrais pas dire des choses désagréables à Nevers, à Châlons-sur-Mayenne, ni même, ni surtout à Chaumot, dont je me garde de dédaigner le paysage, mais j'ose déclarer que Chitry-les-Mines ne les craint pas. Sauf des mines, il a tout. D'ailleurs il avait des mines autrefois, il y a longtemps, car la mère Françoise, qui est bien vieille, ne semble pas les avoir connues. Si elle les a connues, elle n'a pas eu la veine d'en profiter. Puisse-t-elle avoir plus de chance dans quelque village de l'autre monde !

Par la place qu'il occupe sur une belle route, souvent trop boueuse, au bord de l'Yonne, à quelques pas d'un canal, Chitry, avec son château admirable (je ne parle que de l'aspect extérieur) est un village d'une rare séduction.

Je parie qu'il donne à plus d'un touriste l'envie de s'y arrêter et d'y vivre le reste de ses jours.

Qui sait ? Chitry deviendra peut-être un centre d'excursions morvandelles. Ses auberges font de louables efforts. L'une d'elles menace de s'élever jusqu'au ciel. Le touriste raisonnable n'exige, pour son argent, que de la propreté, un bon lit et une bonne cuisine. Or, il y a d'excellentes cuisinières à Chitry, je le dis avec la sincère reconnaissance de l'estomac.

Et les promenades ! je connais une allée du bois Narteau qui peut rivaliser avec celles du bois de Boulogne. Regardez du sommet (du biquignon) de la vieille route, dans la direction de Lormes : la vue est merveilleuse. Et au soleil couchant, quoi de plus calme, pour les âmes rêveuses, que la promenade du canal jusqu'à Marigny-sur-Yonne ?

Et Chitry est encore un pays de chasse et de pêche. Demandez à l'instituteur ; pourrait-il faire le calcul des mètres de fil qu'il a trempés dans l'eau ? Demandez à Victor, qui prendrait une ville d'un coup d'épervier. Demandez à Pierre, l'impitoyable tueur de sangliers. Demandez aussi aux braconniers qui me pardonneront, je l'espère, de ne pas écrire leurs petits noms.

Il est vrai qu'on voit presque partout, sur le territoire de Chitry, de fâcheux écriteaux, vous savez, ces écriteaux qui pendent au cou des arbres et leur donnent un air de mendiants (pêche gardée, chasse gardée, payez votre procès-verbal, s. v. p.!), mais peut-être ne sont-ils cruels que pour les gens du pays, coupable d'avoir des idées moins orthodoxes que celles de M. le curé, et moins royalistes que celles du roi, et sans doute ces écriteaux, par esprit hospitalier, se décrocheraient d'eux-mêmes en faveur du touriste bienvenu. En attendant, ils servent de cibles aux cailloux des gamins qui étonneront plus tard, au régiment, par leur adresse, le capitaine de tir.

Vive donc Chitry-les-Mines ! Je suis heureux de lui rendre un hommage filial. C'est, malgré son drôle de nom, un village de choix, et si je n'étais un de ses enfants légitimes, je me dépêcherais de l'adopter.

(*Écho de Clamecy, 7 mars* 1903.)

Croix de village

En promenade, cette semaine, à Chaumot, j'ai constaté avec stupeur que la croix de Mézières n'était pas encore relevée. J'avoue que, personnellement, je ne suis pas pressé, mais cette croix, qui s'obstine à rester par terre, donne une idée du train habituel que prennent les petites affaires d'un village. Ah ! elles ne vont pas en automobile !

Il y a des années que j'entends parler de cette croix. Je connais un conseiller qui ne dort plus depuis qu'elle est tombée et qui maigrira jusqu'à ce qu'elle soit debout. Il songe tellement à la redresser qu'il ne se demande pas s'il a besoin de se redresser lui-même. Aux élections d'octobre, un bulletin était barbouillé d'une croix grossière. Elle pouvait, d'ailleurs, jouer un mauvais tour à ce bulletin et le faire annuler, puisque l'encre transparaissait à travers le papier et le marquait d'un signe extérieur.

Que M. G… de T…, qui n'aimait pas les curés, disait-il, – sauf les jours d'élections – ait négligé cette croix, passe ! Mais, M. D… ? à quoi pense-t-il ? Il est maire de Chaumot depuis six mois. Il va à la messe, à grandes guides, chaque dimanche, ce qui ne regarde que lui, je le sais bien, et cette pauvre petite croix, ce qui regarde quelques-uns de ses administrés, continue de coucher sur la pierre, comme si elle était morte. Notez qu'il ne s'agit que d'une dépense de quelques sous et que le travail peut être fait en un quart d'heure.

Je n'y comprends rien.

Serais-je, au fond, plus catholique, plus respectueux des choses sacrées que M. le maire de Chaumot ?

Comme je m'étonnais d'une telle lenteur, j'ai appris qu'on allait rattraper le temps perdu, nommer deux délégués considérables chargés de mener à bonne fin cette affaire de haute importance, et que, par la même occasion, M. le maire m'offrirait, non plus avec l'argent de la commune, mais avec son propre argent de poche, ce qui est une délicatesse, une belle croix neuve, pour remplacer la vieille croix qui se trouve devant la porte de la maison que j'habite à la campagne.

Avec celle que la République m'a offerte, ça me fera deux croix. Si je ne m'amende pas, c'est que j'ai le cœur dur.

Dès que j'aurai la nouvelle croix (et je regretterai l'ancienne, si vénérable et si penchée !), je remercierai, ici même, publiquement, le donateur, et je parlerai de Jésus, mais aussi, je rappellerai, à ceux qui l'oublient, ce qu'a été cette « personne supérieure », je dirai qu'il ne suffit pas de lui élever des croix, qu'il vaudrait mieux interpréter sa doctrine et suivre ses leçons, et j'espère que chacun, à Chaumot, en prendra pour son grade.

Je suis sûr, par exemple, que Jésus, qui fut un grand guérisseur de malades, et qui n'avait pas d'opinions politiques, ni même d'opinions religieuses, serait allé voir la Rondotte.

Je m'explique : Le mois dernier, un vent de mort à soufflé sur Chaumot et les environs. Presque toutes les femmes durent s'aliter, avec des rhumes graves, des grippes, des bronchites. Deux ou trois personnes charitables, et il faut les en louer, ont fait des visites à toutes les malades, excepté à une seule, la Rondotte, qui était malade, chez moi, pendant mon absence.

Pourquoi cette exception ? Par peur de mes chiens, a-t-on dit. Je proteste. Mes chiens aboient, sans doute, mais précisément pour garder la Rondotte contre les coureurs et non contre les personnes charitables. Ces chiens ne sont pas de vilains radicaux-socialistes comme moi. Il ne manque même à l'un deux, à *Smart*, un superbe épagneul-basset dont je suis fier, que la parole. Et encore, je crois qu'il trouverait le moyen de dire, avec sa mine intelligente : « Monsieur le curé, si vous venez voir une malade, donnez-vous donc la peine d'entrer ».

De sorte que la Rondotte n'a reçu les consolations de personne. Je n'étais pas prévenu. Elle s'est guérie toute seule. Chaumot doit s'en réjouir, car c'est une brave femme qui reste dans son coin et ne médit jamais des autres. Elle n'a pas de fiel au cœur, vous savez, ce fiel malsain qui ronge d'ordinaire les paysannes, de voisine à voisine. Elle fait maigre de vendredi, mais comme elle ne fait guère gras le reste de l'année, j'aurais tort de sourire. Elle croit au paradis, mais un paradis spécial qui est quelque chose comme le paradis des honnêtes gens. D'après la Rondotte, tout le monde y serait admis, à la condition de n'avoir fait de mal à personne. Elle ne m'en exclut même pas. Oui, elle prétend que j'irai, malgré ma réputation d'incrédule, si je me conduis moralement. Et moi, en échange, je lui affirme qu'elle l'a bien gagné et qu'elle ira tout droit s'il existe, tandis que M. le curé fera peut-être huit jours de purgatoire pour n'avoir pas, sous un prétexte qui n'était point le vrai, porté la bonne parole secourable à la Rondotte.

(*Écho de Clamecy,* 19 *avril* 1903.)

Causeries

I

Comme c'était à prévoir, et comme c'est la mode depuis quelque temps, M. le maire de mon village a fait voter, par cinq conseillers sur sept présents (les deux républicains Louis Thévenin et Simon Chalumeau se sont abstenus), une adresse de remerciements aux sœurs qui viennent de quitter Pazy.

Il n'y a rien de plus naturel. M. le maire sait tout ce qu'il leur doit, et s'il n'avait pas eu cette bonne pensée, les sœurs pourraient, avec une discrétion de chrétiennes, lui reprocher son ingratitude. Aurais-je voté cette adresse ? Je ne crois pas. Cela dépend. Je suppose que M. le maire a énuméré les services des sœurs et qu'ils sont indiscutables. Sur la feuille de convocation que j'ai reçue, trop tard malgré l'article 48 de la loi municipale, ces services n'étaient pas tous comptés : il y manquait les petits services électoraux.

Je ne blâme pas mes cinq collègues du conseil d'avoir témoigné leur reconnaissance (c'est si rare !) à des femmes qu'ils en jugeaient dignes. Mais n'ont-ils pas trouvé un mot aimable pour la voisine des sœurs remerciées, pour l'institutrice de Pazy ? C'était là une belle occasion de se montrer impartial. Ils la connaissent mieux que moi, l'institutrice de Pazy ; ils savent qu'elle ne se plaignait pas, mais ils n'ignorent pas la vie qui lui était faite.

Si nous lui votions, à elle aussi, une adresse consolante, si nous lui exprimions, pour les amertumes qu'elle a endurées (et ce n'est sans doute pas fini !) l'hommage de notre respectueuse sympathie ?

Oui, j'y songe, si j'avais pu assister à cette séance mémorable, j'aurais dit : « Soit ! par esprit de concorde, je m'associe à votre touchante manifestation, mais à mon tour, je vous prie de joindre vos compliments aux miens pour cette courageuse institutrice qui a fait son devoir, qui l'a fait *malgré tout*, et dont l'attitude, si longtemps résignée, peut servir de modèle aux sœurs que vous regrettez. »

Je ne m'illusionne pas : mes collègues auraient fait mauvais accueil à ma proposition, de sorte que je me serais vu dans la nécessité de ne pas accepter la leur.

Aussi bien c'eût été plus net : il faut que chacun prenne, en ces temps troublés, sa part de responsabilité. La lutte est trop sérieuse pour qu'on se dérobe. Il faut être avec ou contre l'enseignement laïque. La liberté religieuse est une *vraie* liberté, mais la liberté de l'enseignement me paraît, sauf erreur de ma part, une *fausse* liberté. Je le dis parce que je le crois, et je le crois parce que je me suis donné la peine d'étudier la question.

Les braves gens du village qui, de bonne fois, crient : « Vive la liberté ! » oublient l'essentiel qui est de justifier leur cri. Avez-vous fait d'abord, avant de crier, usage de votre raison ?

Êtes-vous sûrs que la liberté de l'enseignement soit possible ? N'est-ce pas là une liberté à laquelle le bien de l'État exige que vous renonciez, comme à tant d'autres ?

Êtes-vous libres de ne pas payer vos impôts, de vous rendre la justice sans l'aide des magistrats, de faire ou de ne pas faire votre service militaire, etc., etc.

Êtes-vous libres de ne pas faire instruire vos enfants ? Non, puisque vous vous soumettez à l'instruction primaire obligatoire.

Pourquoi n'y aurait-il pas, dans l'intérêt commun, et tout au moins à l'école primaire, une méthode d'enseignement obligatoire ?

Où commencent les devoirs, où s'arrêtent les droits du père de famille et quels sont, par exemple, les droits d'un père de famille qui sait à peine écrire ?

Voilà des problèmes compliqués, et il ne suffit pas, pour les résoudre, de lever les bras en l'air et de crier à tue-tête, comme des sourds. Il faut y regarder de plus près, écouter les contradicteurs, lire, réfléchir, s'appliquer, en un mot, à un travail d'homme raisonnable. Sinon, mieux vaut se taire, par modestie.

Mais le paysan ne peut pas arriver à comprendre que c'est aussi difficile de cultiver une idée que de faire pousser un chou.

S'il ne semait pas de blé, il n'oserait pas dire : « J'aurai, à la fin de l'année, une belle récolte », mais quoiqu'il ne plante rien ou presque dans son cerveau, il ne cesse de répéter avec orgueil : « J'ai mes idées ! J'ai mes idées ! »

Quelles idées ? Où les a-t-il prises ? Combien d'efforts lui ont-elles coûté ?

L'ignorance du paysan attriste ceux qui l'observent, surtout parce qu'il a l'air de s'y trouver bien. Il y a des exceptions, je le sais, et j'aurai le plaisir, un jour, d'en signaler quelques unes.

Mes compatriotes ne doivent pas s'ennuyer là-bas.

Hier, M. le maire de Chitry-les-Mines démissionnait ; mon jeune camarade Pierre Bertin, qui se trouvait là par hasard, a pris la place, d'un bond. Ça s'est fait comme un simple échange de chaises, et la rivière coule tout de même.

Aujourd'hui, j'apprends la suspension de M. le maire de Chaumot.

Je n'ai rien à dire de cette mesure qui ne me regarde pas. Mais que d'événements ! Voilà une année terrible ! Il paraît que Mme X... (je ne la nomme pas, elle se fâcherait) en est courbaturée.

(*Écho de Clamecy, 31 mai* 1903.)

II

Que les lecteurs de *l'Écho de Clamecy* me pardonnent de leur parler si souvent de cette pauvre petite commune de Chaumot. Elle n'est pas le centre du monde, mais tant de villages lui ressemblent que parler de celui-là, c'est parler d'une foule d'autres, ses pareils.

Depuis quelque temps, d'ailleurs, la commune de Chaumot se distingue par son agitation. Elle ne peut pas garder un de ses maires. S'ils ne s'en vont pas de gré, ils s'éloignent de force. Le dernier, qui avait l'air solide, qu'on appréciait à cause de ses propres vertus, et à cause de la vertu non moins efficace du petit vin bouché, n'a pas duré trois saisons.

Oui, M. le maire de Chaumot, qui n'était que suspendu, vient d'être révoqué. Il paraît, à lire quelques notes de journaux nivernais, que c'est un avancement. La suspension, c'est déjà une bonne note, mais la révocation, c'est un diplôme. Nous avons déjà le Mérite agricole, je propose de créer le Mérite congréganiste. Il suffit à un maire d'être révoqué pour qu'il devienne plus honorable que jamais. Protestez aujourd'hui contre une loi et, demain, votre honneur brillera tout à coup d'un vif éclait.

Mais faites attention, il faut d'abord que vous soyez maire. C'est important. Il y a des hommes qui passent toute leur vie à protester contre toutes les lois : on les appelle des anarchistes et la société les traite comme des criminels. Au contraire, que M. le maire, qui est magistrat, officier de l'état-civil, officier de police judiciaire, réussisse à se faire révoquer en protestant contre une loi qu'il est chargé de défendre, non seulement il ne saurait être confondu avec un anarchiste, mais encore il peut affirmer que rien ne manque plus à son honneur. Notez qu'il ne proteste pas, comme l'anarchiste, contre toutes les lois. Ce serait imprudent. Il en choisit une, celle qui le gêne, et il proteste contre elle seule. M. le maire de Chaumot n'a pas protesté contre la loi sur la propriété, par exemple, ou contre la loi sur la chasse. Celles-là ne le gênent point. Il a protesté contre la loi sur les congrégations qui, seule, le gênait. De sorte que, loin d'être un anarchiste, M. le maire de Chaumot est un maire d'abord suspendu, puis révoqué, je veux dire un maire plus honorable que s'il n'était ni révoqué, ni suspendu.

Peut-être pouvait-il, ayant à protester contre une loi, donner d'abord sa démission par un beau geste qui l'aurait encore honoré davantage ; sans doute, il n'y a pas pensé. Ce sera pour la prochaine fois.

À moins qu'il ne se soit dit : « Je protesterai bruyamment, et on n'osera rien me répondre ; je suis mon maître et je ne dépends de personne ».

C'est bien souvent que j'ai entendu de braves conseillers municipaux s'écrier : « On se *barrasse ben* du sous-préfet ; ça ne le regarde pas, nos affaires ! »

Mais M. le maire de Chaumot était mieux averti qu'un paysan inculte. Il n'ignore pas qu'il existe une administration supérieure. Il savait à quoi l'exposait son attitude. Il a obtenu ce qu'il cherchait, ce dont il se trouvait digne, l'honneur reluisant d'un maire révoqué, presque l'auréoledu martyr. Il doit être content. Ses amis sont contents. Tout le monde est content.

J'exagère. En ce qui me concerne, cette révocation ne me cause ni joie, ni déplaisir. Ça m'est égal. Après M. de T…, M. D…, et après M. D…, M. n'importe qui. Je suis trop sûr que le prochain maire, qui ne sera là que par complaisance et pour garder une année la place chaude à son prédécesseur, ne chantera pas : Vive la République ! Il y a d'excellents républicains à Chaumot, mais ils sont clairsemés, surtout à la mairie, et ce n'est pas le nouveau maire qui fera l'éducation civique de ce petit pays.

Mais on me communique une nouvelle qui m'est moins indifférente : si je suis bien renseigné, tandis que M. le maire de Chaumot protestait contre le départ des sœurs de Pazy et leur faisait voter, par cinq conseillers de Chaumot, une adresse de remerciements, le conseil de Pazy *refusait de voter la même adresse,* proposée, je crois, par M. D… père.

Tiens ! tiens ! tiens ! ça c'est curieux : il en résulte que M. le maire de Chaumot s'est donné tout ce mal pour imposer à Pazy des sœurs auxquelles Pazy ne tenait guère. Comment expliquer cette froideur du conseil de Pazy ? Est-ce qu'il serait plus républicain que le conseil de Chaumot ? Il n'aurait pas de peine. Est-ce qu'on serait mieux fixé à Pazy qu'à Chaumot sur les véritables services des sœurs qui habitaient Pazy et non Chaumot ? Est-ce que les conseillers de Pazy se seraient dit avec bon sens :

« Puisque M. le maire de Chaumot tient tant aux sœurs de Pazy, qu'il les prenne et qu'il les garde, mais qu'il les garde à Chaumot. Du reste, les sœurs de Pazy n'étaient pas les sœurs de Pazy ; elles étaient les sœurs de la famille D… Toute leur histoire n'est donc qu'une affaire de famille. Elle ne nous intéresse pas, et même elle nous ennuie, n'en parlons plus. »

(*Écho de Clamecy*, 21 *juin* 1903.)

III

Dimanche dernier, par six voix, y compris la sienne, contre trois et même contre quatre, puisque, sans doute, il n'aurait pas eu la mienne, M. M… a été nommé maire de Chaumot. C'était prévu, et les républicains pouvaient, au lieu de se rendre à la mairie, aller ouvrir la pêche.

Tous les maires sont plus ou moins provisoires, mais celui-là l'est plus qu'un autre, en ce sens qu'il l'est volontairement, puisqu'il sait qu'il remplace son prédécesseur jusqu'à ce que la petite punition de ce dernier soit levée.

M. M… ne se froissera pas si je lui dis que la République a des défenseurs plus sûrs que lui. À une récente séance de la Chambre des députés, tandis que la gauche chantait la *Carmagnole*, la droite s'est mise à chanter la *Marseillaise*, ce qui est déjà, pour la droite, un réel progrès. Je crois que M. M… ne chante encore ni l'une ni l'autre.

Mais s'il n'y a pas lieu, après cette élection, d'illuminer le buste de la République, il n'y a pas lieu non plus de lui mettre un crêpe. M. M… est jeune, honorable et de bonne tenue, et pourvu qu'il ne tire pas trop l'écharpe du côté du Bouqin, par certain chemin de Mézières, il peut faire un maire comme un autre.

Qui sait ? Une fois installé à la maison commune, il se trouvera peut-être si bien, il se montrera peut-être si dévoué aux intérêts de tous que, dans un an, il ne voudra plus céder sa place à personne.

(*Écho de Clamecy*, 28 *juin* 1903.)

IV

Chaumot, 9 juillet 1903.

Me voilà, une fois de plus, dans ma petite patrie ! Une fois de plus, je viens de connaître cette légère émotion qui me trouble « quand le pays approche », et le plaisir de sauter du train en souriant à de bonnes « balles » nivernaises.

Et cette fois, il y avait, quel honneur ! M. le nouveau maire de Chitry lui-même, le camarade Pierre. Il ne m'a point paru trop fier, et malgré ses hautes fonctions, il veut bien que je le tutoie et que je l'appelle *Piarrot* comme d'habitude. On dirait qu'il change et que déjà il a presque l'air sérieux d'un homme conscient de ses nouveaux devoirs.

Sait-il qu'il peut porter un costume fixé par un décret du 1er mars 1852, et qui se compose d'un habit bleu brodé d'argent avec des branches d'olivier au col et à la taille, d'un gilet blanc, d'un chapeau à plumes noires, d'une épée à poignée de nacre et d'une écharpe à franges d'or ? Ce décret, n'étant pas aboli, subsiste. À la place de Pierre, je me ferais faire ce beau costume chez Boiché et c'est dans cette grande tenue que j'irais au devant de mes amis.

Il y avait aussi, à la gare, un cousin que j'aime et que j'estime, mais qui n'était pas là pour me souhaiter la bienvenue. Il semblait plutôt se défier de moi comme d'un voyageur qui apporte dans ses poches de nouvelles circulaires de M. Combes.

Allons ! cousin, ne t'attriste pas comme ça : tout s'arrangera.

Si ce qui arrive, arrive, c'est beaucoup, tu devrais le savoir, par la faute de tes amis. Ils crient : Vive la liberté ! mais trop tard.

L'ont-il donnée jusqu'ici, cette liberté, à ceux qu'ils appellent avec dédain, quand ce n'est pas d'un ton grossier, les *libres-penseurs* ? La première de toutes les libertés ne serait-elle pas la liberté de penser ?

Cependant ce mot de libre-penseur est dans la bouche de tes amis un gros mot, pas dans la tienne, cousin, je le sais et je te félicite. Tu as eu, toi, je l'ai vu, le rare courage d'assister à des enterrements civils. C'est bien, mais tes amis étaient-ils de cette force ?

Ignorais-tu leur longue malveillance ? N'entendais-tu pas leurs injures à notre adresse ? N'as-tu pas vu, récemment, une petite ville, la tienne, tourner le dos à deux femmes restées seules et qui ne commettaient d'autre crime que de respecter les volontés dernières d'un chef de famille ?

À la fin, les libres-penseurs se fâchent. Devenus les plus forts, ils font payer à tes amis leur intolérable attitude qui, ne l'oublie donc pas, cousin, durait depuis des siècles. Encore une fois, à qui la faute ? Que tes amis se frappent la poitrine.

Ils l'ont voulu : c'est la guerre, avec ses brutales injustices. Mais cette guerre finira, comme toutes les guerres, par où tes amis auraient dû commencer, par la paix.

Oui, cousin, quand le libre-penseur aura obtenu, non seulement de la loi, mais encore des mœurs pénétrées et modifiées par la loi, la liberté, la pleine liberté sans tracasseries, de ne pas croire ce qu'il ne veut pas croire, il te dira : « Aujourd'hui, grâce à mes efforts, nous sommes vraiment libres ; nous le sommes l'un et l'autre, moi le vainqueur et toi le battu, autant l'un que l'autre. Je ne rirai plus de tes croyances, mais parce qu'elles ne seront pas les miennes, tu ne me montreras plus du doigt, dans le village ou la petite ville, comme un pestiféré. Pour devenir moralement ton égal, une dernière bataille m'était nécessaire ; je l'ai gagnée ; donnons-nous la main, cousin, et vive la liberté !

(*Écho de Clamecy, 12 juillet* 1903.)

V

Chaumot, par Corbigny (Nièvre).

Chaque année, invité par M. Huicq, directeur modèle, j'assiste à la distribution des prix aux écoles communales de Corbigny. Elle a lieu dans son immense salle des fêtes et c'est une vraie fête.

Les feuillages verts et les drapeaux tricolores rompent la nudité des murs si vastes que l'administration, découragée, compte un peu sur les robes des dames pour essuyer ce qu'elle laisse de poussière ; des oriflammes pendent, par leurs fils, à des voûtes si hautes qu'aucun balai n'en décrocherait les araignées.

L'estrade est surchargée d'autorités parmi lesquelles, grâce à la politesse de M. Billiard, maire de Corbigny, j'ai l'honneur d'avoir une place : je suis une Autorité !!

Quel beau coup d'œil ! On a l'impression d'être dans un temple laïque. Toutes ces fraîches petites têtes épanouies ondulent, j'allais dire s'inclinent, devant M. le sénateur Beaupin, qui préside et qui va, paternel et modeste, prononcer un sage discours. Vous pensez bien qu'il faut, à ce cadre grandiose, au moins un sénateur. Je ne sais pas si un député suffirait. Un ministre même ne serait point de trop. M. Pelletan épouse bien une institutrice. M. Billiard nous doit un ministre. Quelque jour, il nous l'amènera, car on dit qu'il a le bras long.

Je n'oublie pas l'orchestre que dirige Henri Boiché de son index magistral.

Mais je renonce à compter tant de succès aux examens, tant de certificats d'études et de livrets de caisse d'épargne, tant de médailles, de couronnes et de prix !

Ah ! toute cette tuilerie de prix ! de quoi couvrir un château ! Comme ce doit être difficile, à Corbigny, de ne pas avoir un seul prix ! Je suis sûr que si quelques petits gars des villages voisins où l'on ne donne pas de prix, avaient eu, ce soir-là, l'idée de venir en réclamer à M. Huicq, ils ne seraient pas partis les mains vides.

J'admire, sans ironie, la magnificence de cette fête solennelle, mais je regrette, en mon cœur de délégué cantonal, qu'on oublie nos écoles de village, que toute l'eau aille à la rivière et que toute la pluie de faveurs tombe au chef-lieu de canton.

J'ai visité quelques-unes de ces écoles, cette quinzaine. Je demandais : Avez-vous des prix ? On me répondait : non, ou : très peu. – Vous offre-t-on des livrets de caisse d'épargne ? – Non. – Qu'est-ce que votre municipalité fait pour vous ? – Rien, ou presque rien.

Je continuais de me renseigner avec stupeur.

– Votre commission scolaire se réunit-elle souvent ? – Jamais. – Quand votre délégué venait-il vous voir ? – Jamais. – Comment jamais ? – Nous ne le connaissons pas, nous ne savions même pas si notre école en avait un.

Vous croyez que j'exagère ? Je vous affirme que telle institutrice, qui est institutrice depuis quinze ans, n'a pas vu une seule fois la couleur de son délégué.

Si les délégués dorment, ils devraient savoir que M. le curé ne dort pas. Je me garderai de faire de l'esprit aux dépens de mes collègues, et bien plutôt je voudrais expliquer les raisons de leur bizarre indifférence. Ce sera l'objet d'une causerie spéciale.

J'ai terminé ma promenade à l'école communale des filles de Cervon. On va, je crois, la remplacer par une neuve. Mais je demande qu'on ne démolisse pas la vieille. Je souhaite que Cervon la conserve, avec le mobilier, comme un musée, pour servir à l'histoire de « la laïque » en France. Je supplie les « Autorités » d'aller la voir. Elle vaut le voyage.

Je venais de quitter l'école de Pazy, bien éclairée et aérée, et j'ai cru, à Cervon, que j'entrais chez les troglodytes. Oui, plus tard, si la commune de Cervon adopte mon projet de musée, les instituteurs et les institutrices y viendront, de loin, comme à un lieu de pélerinage. Ils y laisseront leurs envies de se plaindre. Ils se diront : « Une cinquantaine de petites filles vivaient là entre ces murs humides, à ces tables vermoulues, sur ces bancs cassés, sous le plafond crevé. Elles ne respiraient que l'air des courants d'air, et ce coin, que pas une servante de village n'accepterait pour y mettre son lit, c'était le logement de l'institutrice. »

Oui, je vous assure que chaque visiteur fera sur son propre sort des réflexions salutaires.

Et j'ajoute, moi, que c'est d'autant plus choquant que les trois quarts de ces petites filles sont des déshéritées. Elles ne peuvent compter que sur l'assistance républicaine. Elles vivent, misérables, dans un milieu hostile.

Autrefois, c'est à elles surtout que Jésus-Christ aurait tendu ses mains pleines de rayons, mais aujourd'hui la parole divine s'est accrue de quelques mots.

Ce n'est plus : « Laissez venir à moi les petits enfants », c'est hélas ! « Laissez venir à moi les petits enfants… des papas qui votent bien ! »

(*Écho de Clamecy*, 16 *août* 1903.)

VI. Causerie avec M.P…, de Cervon

et de l'Indépendance

Chaumot, le 31 août 1903.

Vrai, M. P…, ce fut un franc éclat de rire ? Si franc que ça ! De quelle couleur était-il ? Combien étiez-vous à vous tordre ? Auriez-vous le travers de croire que, dès que votre ventre se déboutonne, tout Cervon a la colique ?

Mais voyons si votre réponse, moins gaie que ma lettre, est plus sérieuse.

Et d'abord, bien que ce ne soit pas un gros mot, je regrette que « Trodlodytes » vous offusque. Je ne tiens pas à cette plaisanterie et je l'efface. Mettez ces Troglodytes dans vos caves « superbes » et n'y pensez plus ; sinon, le mot vous resterait.

Pourquoi douter de ma récente visite, M. P… ? Vous savez lire et, sauf quelques taches, écrire ; vous devez aussi savoir qu'il est d'usage de tenir un homme pour véridique, jusqu'à preuve du contraire. Je ne vous accuse pas, moi, de prendre vos mesures avec un mètre faussé et de « travestir » l'étalon officiel.

Oui, j'ai fait une visite à votre école laïque de filles et non, comme vous dites, à « vos pauvres écoles de filles ». Ne confondez pas, pour votre défense, des écoles que d'ordinaire vous séparez si nettement. J'accompagnais Mme Jules Renard, votre déléguée cantonale, le mardi 11 août, à quatre heures du soir. M. Dussert, lui-même, nous conduisait. Faut-il vous dire la forme de la voiture et l'âge du cheval ?

Si nous avons mal vu, Mme Renard et moi, si rien ne justifiait notre commune impression de tristesse à l'aspect de cette école, il fallait, M. P…, nous fixer un rendez-vous : nous aurions refait la visite et pris un juge à votre choix, M. le curé, par exemple, ou M. P…

« De cette école (dites-vous, pris pour elle d'une tendresse subite), on jouit d'un panorama superbe (encore !) et on découvre le Mont-Buée, le Mont-Sabot, etc. » Ça fait un bel œil à toutes ces petites filles de six à treize ans ! Elles ne sont pas poëtes comme vous, M. P…, et mieux leur vaudrait un magnifique horizon de cartes et de tableaux d'histoire naturelle.

Oubliant, avec soin, le mobilier, vous mesurez académiquement les murs. Les fenêtres et les portes ont tant sur tant ! D'accord. Mais ouvrent-elles et ferment-elles bien ? Leur plan servira-t-il à M. Gay ? L'air ne manque pas. Soit. Mais ce n'est pas qu'une question de quantité. Il y en a peut-être trop, comme à certaine église où les petites filles « de l'école du diable » se plaignent de respirer plus qu'elles ne veulent, sous les cloches.

Votre raisonnement sur l'humidité pèche par le haut. Vous vantez vos caves, vous ne dites rien du plafond crevé. La pluie mouille, M. P…, et un rhume, qu'il s'attrape par le nez ou par les pieds, est toujours un rhume.

J'ai dit que la chambre de l'institutrice n'était pas logeable et non, bien que j'aie vu un lit, que l'institutrice y logeait. Quelle chambre bizarre ! Personne n'en veut. L'institutrice préfère coucher à la mairie et vous avez dû louer un appartement (oh ! oh ! mademoiselle !) pour l'adjointe. Cette chambre serait-elle hantée ? Seriez-vous le seul, M. l'exorciste, à n'en pas avoir peur ? J'avoue que j'ai eu tort de dire qu'aucune servante ne l'accepterait. J'exagérais, hélas ! Ce qui prouve, M. P…, que le sort des servantes de village est misérable et que l'humanité a le devoir de s'occuper d'elles le plus tôt possible.

Je me sentais perdu, M. P..., quand, tout à coup, vous m'avez donné raison.

« Il y a des réparations à faire. » Eh bien ! alors !... Mais vous ne les faisiez pas.

« Vous allez construire une école neuve. » Parce que la République vous y oblige ; mais vous n'êtes point pressés.

« Je ne vous aiderai pas, me dites-vous, à la payer. » Mais si, un petit peu. L'État vous offre une subvention, et l'État, ce n'est pas que le roi, c'est nous tous, M. P... D'ailleurs, je ne vis pas dans la lune, j'habite une commune française, et je paye, comme un autre, ma part d'impôt scolaire. Et puis, ai-je déjà refusé de vous être agréable ? Tenez : votre vieille école n'a pas de compendium, je me permettrai de vous en offrir un à l'inauguration de la nouvelle.

J'arrive au passage de votre réponse où vous tâchez d'être aussi « méchant » que moi.

Certes, je suis fier d'être délégué cantonal, mais je n'ai pas accepté ce titre pour dire des douceurs aux P... qui négligent leurs écoles.

Ma fortune ! Comment peut-elle vous éblouir ! Ne fréquentez-vous pas des maisons plus riches que la mienne ? Vous avez, du reste, un moyen pratique d'égaliser nos rentes : Faites-vous socialiste, M. P..., votez et marchez avec le socialisme dont tous les efforts tendent à une fraternelle répartition du capital. Et puissent vos amis vous emboîter le pas !

Ma décoration ! Oui, je sais, M. P..., que ma croix n'est pas la vraie croix, que je ne l'ai point gagnée à la messe, et que j'en serais plus digne si j'avais les mérites de M. P... Puisqu'elle vous fait loucher, prévenez-moi quand vous passerez, j'ôterai le petit ruban rouge.

Mais qu'est-ce que ça peut vous faire que je sois comblé d'honneurs, ici-bas ? Vous êtes sûr de vous rattraper au paradis où vous aurez tout à gogo, tandis que je resterai, nu et transi, à la porte.

Mon « dédain pour votre école mesquine ! » où le prenez-vous, M. P... ? Si je la méprisais, je n'irais pas la voir, et si je n'allais pas la voir, vous seriez trop content. Je trouve, comme un vilain égoïste, que le tour des paysans est bien venu d'avoir un peu de confortable. Je crois que le « bon temps » n'est pas celui d'hier et qu'il sera meilleur demain. Réaliser, de père en fils, la plus grande somme possible de progrès matériel et moral, se passer, d'une génération à l'autre, le flambeau toujours plus lumineux de la justice, voilà l'idéal républicain ; je vous le souhaite, M. P…

Mon but ? ah ! ah ! M. P…, vous êtes inquiet. Vous montrez le bout de l'oreille du réactionnaire. Oui, au fait, quel est-il ce but ? Il ne saurait être qu'intéressé. Naturellement ! Prenez garde, M. P…, la manie de prêter aux autres des desseins vulgaires prouve qu'on se sent soi-même incapable de noblesse. Eh bien, tremblez, je veux… ! Je ne veux pas détrôner l'honorable et sympathique M. F…, dont j'ai reçu, un soir, une trop courte visite électorale. Non, c'est déjà fait par un autre. Une plus folle ambition me tourmente. Je veux (vous pâlissez, M. P…), je veux suivre de près « mes » écoles, les visiter à la nuit tombante, causer à voix basse avec les maîtres, interroger sournoisement les élèves, donner, en cachette, quelques bonbons, un morceau de brioche à ces petits, fils ou filles d'électeurs, me rendre, par ces ténébreuses machinations, populaire, irrésistible, puis me démasquer brusquement, fondre à l'improviste sur M. Jaluzeau, le terrasser et m'asseoir, vainqueur, à sa place, dans son fauteuil législatif. Voilà mon but, M. P… Ne l'aviez-vous pas deviné ?

Un dernier mot, de bonne humeur. Vous m'écrivez que vous vous portez aussi bien que moi. J'en suis ravi, parce que je vais mieux. Merci ; pourvu que ça dure ! Donnez-moi de temps en temps de vos nouvelles et, puisque le calcul vous passionne, joignez, je vous prie, au bulletin de votre santé, votre taille, votre poids et même votre cube. Ça me serait une première et précieuse indication sur votre personne. Car, si vous me connaissez, mal, il est vrai, j'ai le désavantage et le chagrin de ne pas vous connaître du tout.

Au plaisir de vous voir un jour, M. P…, et sans rancune.

(*Écho de Clamecy*, 6 *septembre* 1903.)

VII. Une lettre

Chaumot, le 25 septembre 1903.

Cher Monsieur Lahaussois,

Voulez-vous publier cette petite lettre qui, je ne crains pas de le dire, vaut un long discours ?

J'ai causé, ce matin, avec un brave ouvrier que j'aime et que j'estime depuis longtemps. C'est le modèle des travailleurs honnêtes.

Il a retiré, lui aussi, son argent de la caisse d'épargne.

Savez-vous pourquoi ?

On le lui conseillait, naturellement, (oh ! les conseils désintéressés des hypocrites chercheurs d'or !) mais il ne se décidait pas, car il est défiant.

Il a voulu se renseigner, lire les journaux, et, à force de lecture et de réflexion, il a fini par s'imaginer que l'excédent de retraits, le fameux excédent de retraits, c'était la somme que la caisse d'épargne ne pouvait plus rembourser.

Affolé, il court au guichet et on le paye tout de suite ; quel joyeux étonnement !

Comme j'éclatais de rire, il m'a promis de remettre son argent à la caisse d'épargne et de laisser son enfant une année de plus à l'école.

Paysans, mes frères, quand cesserez-vous de croire que votre ignorance est une de vos vertus.

(*Écho de Clamecy, 27 septembre* 1903.)

VIII

Chaumot, 3 octobre.

Voilà que Chitry se plaint encore de son curé !

Ce n'est pas la première fois, à Chitry, qu'un curé « fasse crier ».

Chitry serait-il trop difficile, ou n'y aurait-il pas de bons curés ?

Disons, par politesse, que cette commune n'a pas la chance de garder ceux qu'elle aime, comme le curé Beauchef, pour citer le meilleur, qui tâchait d'être un saint et qui est mort à la peine, dans le dénûment le plus affreux.

Un de ses prédécesseurs fut moins regretté. Ne le nommons pas, c'est inutile. Chitry se le rappelle, et il en parlera longtemps avec des sourires narquois.

Ce curé avait un petit défaut, bien naturel et bien excusable chez un homme de sa taille : il préférait les jeunes pécheresses aux vieilles, et celles-ci enrageaient.

L'une d'elles, qui tutoyait mon père, alors maire de Chitry, lui disait souvent d'une voix aiguë :

— Tu supportes ça, toi, tu ne bouges pas ! Tu ne veux pas essayer de le faire partir, ce curé du diable ?

Mon père riait dans sa barbe rousse et grise. Il était très content. Il savait que le vœu de chasteté n'est qu'un défi d'orgueil à la nature. Il écoutait, plein d'indulgence, ces histoires qui l'amusaient beaucoup, et quand je venais à Chitry, il me les racontait le soir, dans nos promenades sur la vieille route ; mais il a refusé — j'en ai la preuve écrite — de se servir de ces histoires. Il n'a pas voulu faire de chagrin à personne.

Mon père croyait en Dieu. « Ce serait malheureux ! » comme disent, avec une suffisance béate, certains dévots qui parlent toujours de Dieu et n'y pensent JAMAIS.

Ils ignorent, ces dévôts sans culture, incapables de méditation, qu'il est beaucoup plus difficile de ne pas croire que de croire en Dieu, que les vrais athées sont presque introuvables, mais qu'il existe autant d'images de Dieu que de cerveaux humains, et qu'il y a la même différence entre le Dieu de Victor Hugo, par exemple, et le Dieu des nigauds, qu'entre un poëme génial et un gribouillage malpropre.

Gardez-vous de dire à un sot que vous croyez en Dieu, car, tout de suite, il s'étonne que vous ne portiez pas de scapulaires et que vous ne suciez pas, le vendredi, des arêtes de morue.

Si mon père, qui était un sage, croyait en Dieu, il avait horreur des curés. Il disait d'eux cette phrase radicale :

– Ce sont des menteurs ou des imbéciles !

Mais il préférait les moins bons aux moins mauvais, et l'évêque de Nevers lui aurait envoyé les pires curés de son diocèse que mon père les eût gardés jalousement.

– Encore deux ou trois comme celui-ci, disait-il du galant pasteur, et Chitry en sera dégoûté.

De sorte que si mon père vivait, il se réjouirait de voir que le curé actuel fait (oh ! dans un tout autre genre !) de l'excellente besogne. La religion se mourait, il va l'achever.

Sauf deux ou trois bigotes, chez lesquelles la religion est une espèce de maladie noire qui leur racornit l'âme et qui fait d'elles des chefs-d'œuvre d'égoïsme roublard et d'hypocrisie amère, personne, à Chitry, ne marche plus.

La vieille Françoise elle-même, ce demi-siècle de servitude, selon la douloureuse expression de Gustave Flaubert, la vieille Françoise est lasse ! M. le curé ne lui en impose plus. Elle dit qu'elle ne veut pas aller à confesse avec lui, parce qu'il est « trop malin ».

Et sa pauvre tête, où la révolte met un peu de vie, branle sur ces épaules nonagénaires.

De tous les on-dit, je ne retiens que ce jugement de la mère Françoise. Il est modéré et grave. Sur ses années de travail et de misère, la vieille Françoise s'élève plus près de Dieu que nous tous, y compris M. le curé. Et si elle répète à Dieu que M. le curé est « trop malin », je plains M. le curé.

Il aura beau répondre aux autres fidèles : « Ce n'est pas vrai, je ne fus ni violent, ni grossier du haut de ma chaire ; je n'ai point apostrophé, en pleine église, mes brebis ahuries ; je n'ai point dénoncé ; je n'ai point, à plaisir, mortifié le monde ; je n'ai point traité mes paroissiens de dégénérés, d'alcooliques ou de bestiaux ; je n'ai point… »

Dieu, sévère et juste, répliquera : « Répondez d'abord à la mère Françoise, qui vous accuse d'être trop malin ! » Et M. le curé de Chitry passera un vilain quart d'heure.

Ce qui n'empêche pas, d'ailleurs, que les gens de Chitry n'aient peut-être que ce qu'ils méritent.

S'ils voient des curés de toutes les couleurs, depuis le pâle terreux jusqu'au rouge cramoisi, à qui la faute ? S'ils le désirent, nous ferons, ensemble, quelques réflexions sur ce qui leur reste, je ne dis pas de religion, mais d'habitudes, de manies religieuses !
(*Écho de Clamecy,* 6 *octobre* 1903.)

IX

Paris, 22 octobre 1903.

Je suis heureux, je ne le cache pas, du *double* effet produit par ma dernière causerie. Je ne l'avais pas écrite par animosité personnelle, je ne connais pas même de vue M. le curé de Chitry. J'ai voulu simplement protester, au nom d'un village, mon village d'enfance, contre l'attitude révoltante (ce n'est pas moi qui parle, c'est Chtry) d'un homme public, qui se croit chez les sauvages et qui abuse, pour terroriser de pauvre gens, du respect qu'ils doivent à son métier de prêtre et à ses cheveux blancs.

Cette protestation mesurée m'a valu des témoignages de sympathie qui me touchent.

Tel brave paysan, qui ne me saluait pas d'ordinaire, m'a adressé un bonjour de gratitude dont je le remercie. Des femmes, qui sont de bonnes croyantes, qui prient Dieu comme elles peuvent et s'indignent de le voir aussi mal représenté sur la terre, qui savent que si je ne vais pas à la messe, je tâche tout de même d'être un honnête homme (ce qui est plus difficile que d'être curé), ces femmes avaient, disaient-elles, envie de m'embrasser. Elles ont eu bien tort de se gêner, ça m'aurait fait plaisir.

Mais cette causerie, et c'est par là que son effet se *double*, M. le curé, lui-même, a daigné la lire, et loin de la mépriser, il y répondait, dimanche matin, du haut de la chaire. Vous pensez que je suis fier de cet honneur qui semblait réservé à M. Combes.

Je n'examine pas si M. le curé a le droit de me rouler, comme au fond d'un tonneau, dans son éloquence sacrée. Non, non, dussé-je avoir les côtes meurtries (je ne sens rien encore), je l'approuve. Qu'il continue ! Je serais navré que l'évêque lui donnât l'ordre de se taire, et je prie mes amis de ne rien faire pour le déplacer. Qu'on me le laisse ! j'y tiens.

Seulement, je voudrais bien savoir ce qu'il dit. Il a sur moi cet avantage qu'il peut, pour un sou et même pour rien, lire *l'Écho de Clamecy*, dont la lecture l'édifiera ; mais comment connaître ses réponses ? Mes amis ne sont pas plus que moi des piliers d'église, et la plupart des fidèles craindraient sans doute de me faire de la peine, s'ils me répétaient crûment le prône. Il y a bien les deux ou trois bigotes qui étaient ravies et qui rayonnaient. Ah ! si elles savaient écrire ! Mais voilà : il ne suffit pas d'être rageur et rancunier, il faut avoir du style ! De sorte que j'ai reçu mon paquet et que j'ignore quelle espèce d'ordures il y avait dedans.

M. le curé n'espère pas, je suppose, que j'aurai l'audace, pour l'entendre, d'aller salir de ma présence le saint lieu. Si encore il m'invitait, j'irais peut-être, et je l'écouterais sans l'interrompre, calme et inoffensif, car je n'ai pas l'habitude, comme l'abbé Lamalle, de me promener avec des revolvers plein mes poches.

Mais, j'y songe, M. le curé serait capable de remettre sa réplique de dimanche en dimanche, et de me faire venir à la messe, cinquante-deux fois par an, pour rien, ce qui me paraîtrait, je l'avoue, une excellente farce.

Oh ! je devine, sinon tout, du moins une partie de ce qu'a pu crier mon évangélique adversaire. Je m'en rapporte à sa réputation. Je l'entends, d'ici, me traiter de rénégat, de polisson, de crétin, comme tel pauvre petit gars de Chitry, flanqué quatre fois à la porte du catéchisme, et même, pour me servir des mots d'esprit qui lui sont chers, de « crapule et de charogne ».

J'imagine qu'après d'hypocrites excuses aux personnes pieuses de ma famille, il a flétri en moi le monstre qui la déshonore.

Je serais bien étonné s'il n'avait point fait quelque allusion délicate à mes livres, à mes pièces de théâtre, car M. le curé n'est pas sans avoir lu la fameuse lettre de Bossuet au père Caffaro.

Je ne doute pas que, mis en verve par la chaleur communicative d'un bon petit vin d'église, ce Bourdaloue de campagne ne se soit surpassé et n'ait frappé comme un sourd et tonné comme le diable.

Oui, mais ce ne sont là que des probabilités et je me désole de n'être pas mieux fixé. Il me reste un espoir, c'est qu'à l'exemple des illustres prédicateurs cités plus haut, M. le curé publiera bien vite son prône.

Je souhaite ce sensationnel début littéraire, et quand je serais piétiné, écrasé, foudroyé, je me réjouirais d'avoir rendu ce service aux lettres françaises : la révélation du père Baptiste !

Je jure que, même à demi-mort, je répondrai et j'affirme aux lecteurs de *l'Écho de Clamecy* que je soignerai ma réponse. J'y mettrai – à défaut de talent – toute mon âme, car j'ai une âme, moi aussi, comme un simple curé !

Mais déjà une tristesse me vient. Oui, je doute de mes forces ; je me déclare, sur un point, battu d'avance. Hélas ! j'aurai beau m'appliquer, beau m'exciter avec des petits verres d'alcool, beau copier mes dictionnaires d'argot, jamais, je le sens, jamais je n'arriverai à être aussi grossier que M. le curé de Chitry-les-Mines.

(*Écho de Clamecy,* 25 *octobre* 1903.)

X

3 novembre 1903.

Est-ce que M. le curé de Chitry se calme ?

Prépare-t-il, dans le silence de ses insomnies, la terrible brochure annoncée ? Sa grosse voix faiblirait-elle ? Je n'entends plus rien ou presque rien. C'est à peine s'il m'a traité, il y a quinze jours, de menteur.

Eh ! quoi ! monsieur le curé, serait-ce toute votre réponse ! Vous ne trouvez pas mieux que cette pauvre petite insulte ? Si encore elle portait ! Mais raisonnez : nous avons tous deux un juge commun : Chitry-les-Mines. Si j'invente, si j'exagère, si vous êtes doux, comme le dernier-né des agneaux du Domaine, si vous êtes poli comme le bassin du canal quand il est gelé, dites à Chitry de protester contre ma mauvaise foi par une manifestation en votre faveur. Oui, que les gens de Chitry, sur votre prière, signent un blâme à mon adresse (quelques signatures me suffiront), et je vous promets des excuses publiques.

Mais je suis tranquille, et vous savez bien que j'ai dit la vérité, que je ne l'ai pas dite toute entière, que je ne suis qu'un interprète et que je ne nomme pas les plaignants par discrétion. J'ai nommé la mère Françoise, parce que la pauvre vieille n'a plus rien à craindre de personne ici-bas.

Je crois d'ailleurs que ces jours-ci, je vous intéresse moins que l'abbé Lamalle. Son histoire vous préoccupe comme une affaire de famille, et s'il est condamné, ce ne sera pas de votre faute, ni celle de vos confrères qui s'improvisent ses avocats. Que de prônes en l'honneur de l'abbé Lamalle ! Chaque chaire devient un barreau et chaque église un tribunal où vous acquittez votre ami d'avance.

Mais, pourquoi ne pas attendre, comme nous, le résultat de l'enquête ? La justice est saisie. Nous verrons bien.

Et pourquoi charger du poids de ce « malheur » je ne sais quel domestique qui a bon dos, mais qui pourrait vous répondre qu'en droit criminel un domestique vaut un abbé.

Un peu de patience, monsieur le curé ! D'autant plus que votre zèle vous expose à une désillusion. L'Église croyait aussi, sans doute, par charité professionnelle, à l'innocence du curé de Gérardmer, ce qui n'empêche pas ce saint homme d'être aux travaux forcés pour avoir flétri deux ou trois douzaines de petites filles.

Qu'elle serait, au demeurant, banale, l'aventure de l'abbé Lamalle, si les prêtres n'avaient pas la manie orgueilleuse de se croire supérieurs au reste des hommes.

Ne parlons que du coup de revolver.

Nous autres laïques, nous comprenons au besoin qu'un homme giflé tue l'homme qui le gifle et nous l'excusons dans certains cas. Nous sommes de simples mortels pleins d'indulgence et de pitié pour la brute misérable qui se cache sous notre forme humaine. Mais c'est vous, prêtres, qui ajoutez, par vos doctrines religieuses, au cas vulgaire de l'abbé Lamalle une gravité exceptionnelle. Vous ne cessez de vanter la résignation évangélique, et dès qu'on vous menace d'un geste, pan ! on reçoit une balle au cœur. Ça n'était vraiment pas la peine de nous prêcher dix-huit siècles l'évengile de saint Mathieu : « Si quelqu'un vous a frappé sur la joue droite, tendez-lui l'autre ! »

(*Écho de Clamecy, 8 novembre* 1903.)

XI

24 décembre 1903.

On me communique – trop tard pour que puisse répondre mieux que par cette rapide causerie – un article intitulé *La Misère au violon*, que M. A. Staub me fait, avec courtoisie et non sans malice, l'honneur de me dédier dans le *Clamecycois*.

Les lecteurs de *l'Écho* ont appris, par ce journal même, qu'un enfant âgé de trois mois est mort, il y a quelques jours, au poste de police de Clamecy. Ils savent dans quelles conditions. *L'Écho* dit : c'est un accident ; M. Staub dit : c'est la faute de la municipalité, ou plutôt des radicaux-socialistes, ou plutôt du « bloc » ministériel *admiré* par M. Jules Renard.

M. Staub me permettra de lui répondre qu'il exagère. Certes, je ne doute pas de sa bonne foi, mais comme je ne peux pas douter de celle de *l'Écho*, je crois, jusqu'à preuve du contraire, qu'il ne s'agit que d'un accident.

Si M. Staub prévenu avait donné, et je suis sûr qu'il est capable de le faire, l'hospitalité au pauvre petit et que l'enfant fût mort chez M. Staub, d'une entérite par exemple, le « bloc » oserait-il écrire que le seul responsable, c'est M. Staub ?

Je ne connais pas M. le maire de Clamecy, je ne l'ai jamais vu, même aux conférences populaires, ce n'est pas une raison pour que je me l'imagine comme un magistrat féroce, comme un infanticide volontaire. Je conjure M. Staub de se calmer.

L'accident (je tiens au mot) est lamentable. Le « bloc », si dur qu'il soit, le déplore. Mais n'oublions pas que cet accident est rare, unique à Clamecy. De là sa gravité, son importance « politique ». Il ne faudrait pas faire du pauvre petit gosse le tombeur de M. Reboulleau.

Il est, hélas ! si fréquent, si banal à Paris, qu'il n'aurait aucun succès au théâtre Antoine, je ne dis pas, comme M. Staub, dans une pièce de moi, ce serait trop peu dire, je dis dans une pièce de M. Brieux, lequel ne doute de rien.

Je souhaite d'ailleurs, avec M. Staub, que cet accident ne se renouvelle plus à Clamecy. Il y a sans doute des précautions à prendre. Qui voudrait le nier ? M. le maire de Clamecy moins que personne. Même à Paris où la ville fait tant, elle ne fait pas assez ; malgré les asiles de nuit, il reste des malheureux qui ne savent où coucher et qui, par cette mélancolique journée de réveillon, crèvent de faim.

Tout à l'heure, j'ai vu à l'étalage d'une grande maison de comestibles une dinde stupéfiante. Elle est énorme et pleine de truffes. Elle coûte quatre-vingt francs. Vous lisez bien : quatre-vingt francs ! Elle est superbe et odieuse. Elle a l'air d'une basse flatterie aux riches et d'une insulte aux pauvres. Elle donne d'abord l'envie de se flanquer une bonne indigestion ; puis elle donne envie de pleurer. À la regarder trop, « le cœur se rompt », selon le beau mot de Victor Hugo.

J'accorde à M. Staub que tant qu'un misérable pourra mourir de faim et de froid au pays de cette dinde, le « bloc » n'aura rien fait. C'est pourquoi il faut défendre le « bloc » et le pousser, jusqu'à ce qu'il nous offre le pain gratuit, obligatoire. Alors seulement je l'*admirerai*. Car M. Staub me reproche d'admirer déjà le « bloc ». Il se trompe. J'approuve ses votes, pas tous. Il y a une nuance. Je ne gaspille point la faculté précieuse de l'admiration.

Je n'admire que les grands artistes, les choses que je crois belles, les actions que je crois bonnes. Et même, j'ai une tendance à me défier de celles-ci. Il faut que je sois sûr du désintéressement des bienfaiteurs.

Dès que je m'aperçois que le riche donne quelque chose pour avoir quelque chose, je me dis : c'est un riche intelligent, habile, malin ; je me réjouis de sa générosité, parce que c'est autant de repris par les pauvres sur sa richesse, je l'approuve… mais je ne l'admire pas.

Je prie M. Staub de croire à mes sentiments confraternels.

(*Écho de Clamecy, 27 décembre* 1903.)

Mots d'Écrit

I

Je n'assistais pas, samedi dernier, à la nouvelle conférence populaire de M. Gaujour, mais je suis sûr que le public de Clamecy lui a fait encore le plus chaleureux accueil et le plus mérité.

M. Gaujour est un instituteur rare. Il ne lui suffit pas d'accomplir, pour une somme dérisoire, cette fatigante et monotone tâche du maître d'école, dont maint père de famille n'a aucune idée. Sa classe finie, M. Gaujour continue. Secrétaire de l'*Amicale des instituteurs et des institutrices de la Nièvre*, il en rédige, presque à lui seul, le Bulletin, et ce n'est pas une petite besogne.

Il est naturellement secrétaire de mairie. Serait-ce tout ? non. M. Gaujour admire, avec passion, la littérature française, et par des conférences dont la moindre nécessité, j'ose le dire, dussé-je bien étonner ceux qui n'en font jamais, deux ou trois semaines d'études préparatoires, il communique son enthousiasme au peuple.

Je suppose que ces nobles efforts valent à M. Gaujour l'estime affectueuse de ses compatriotes et que les habitants de Bouhy, M. le maire et M. le curé en tête, s'ingénient à lui témoigner leur gratitude.

Je dis : je suppose, je ne garantis rien. D'ailleurs, M. Gaujour vivrait, par extraordinaire, comme une foule de ses collègues, dans un milieu indifférent ou hostile, que je ne le plaindrais pas, car il aime les poëtes.

On n'est pas isolé quand on a pour voisins, sur les rayons de sa bibliothèque, les grands poëtes depuis Homère jusqu'à Victor Hugo.

Quoi qu'il arrive, ils savent nous consoler. Notre bonheur secret dépend d'eux et non des autres hommes. Ouvrez un de leurs livres, le monde et ses laideurs disparaissent. Quand on ferme le livre, la nature semble plus belle, comme rajeunie.

Oui, nos compagnons, nos vrais amis, nos vrais guides, nos vrais prêtres, nos vrais dieux connaissables, ce sont les grands poëtes.

Voilà pourquoi M. Gaujour, qui fait plus que son devoir quotidien, qui a su se créer une famille agissant et pensant comme lui, et qui goûte par la poésie les pures joies de l'esprit, voilà pourquoi M. Gaujour ne peut pas ne pas être un homme heureux.

Je remercie les quelques lecteurs qui ont bien voulu s'apercevoir que ma dernière causerie datait déjà de loin.

Il ne m'est pas toujours possible de causer longuement. Le « mot d'écrit », plus court que « la causerie » pourra paraître avec plus de régularité.

(*Écho de Clamecy*, 28 *février* 1904.)

II

N'en déplaise à tous les journaux, et même à ceux de Clamecy, le plus instructif, le plus amusant et le plus émouvant, c'est le *Journal officiel*. On ne le lit pas assez dans nos campagnes. À Chaumot, par exemple, personne, ou presque personne, ne lit l'édition des communes affichée au mur de la mairie.

J'exagère et j'oublie les chèvres. L'une d'elles ne rate pas un numéro. Elle se dresse sur ses pattes de derrière, appuie celles de devant sur l'affiche, remue ses cornes et sa barbe, agite la tête de droite et de gauche, comme une vieille dame qui lit, et rien ne nous autorise à croire qu'elle ne sait pas lire.

Sa lecture finie, comme cette feuille officielle sent la colle fraîche, notre chèvre la mange. Après la nourriture de l'espit, celle du corps. Ainsi rien ne se perd dans la commune.

Quel dommage que tous les lecteurs de romans n'aient pas l'estomac de cette chèvre pratique. Ils pourraient manger les livres lus, ils en achèteraient davantage et l'homme de lettres aurait enfin la certitude de manger à son tour. Il faudra que je cause avec cette bonne chèvre. Elle doit être intelligente. Elle me donnera son avis sur les députés, et je suis sûr qu'elle n'en parlera point avec cette vulgarité qui distingue les plaisanteries électorales.

Il suffit à une chèvre fine de lire l'*Officiel* pour se rendre compte qu'il n'y a pas que des imbéciles à la Chambre, et la chèvre de Chaumot est sans doute émerveillée, comme moi, du talent de ces messieurs. Chaque séance offre de l'intérêt et quelques-unes sont admirables. La discussion actuelle sur l'enseignement congréganiste passionne les esprits cultivés.

Tous les partis ont des orateurs de talent, et tous ont des hommes de travail, qui brillent moins, mais qui ne sont pas moins utiles, et si ces partis traînent à leur queue des incapables, des nullités obscures, il faut s'en prendre au suffrage universel encore trop mal éclairé pour être juge infaillible.

L'électeur grincheux semble ignorer qu'il n'a guère que le député qu'il mérite.

Voilà une vérité, que la chèvre de Chaumot elle-même comprend, mais elle ne vote pas.

(*Écho de Clamecy, 6* mars *1904.*)

III

On parle beaucoup, à la Chambre, des droits du père de famille.

Le père a-t-il seul des droits sur son enfant ? En a-t-il plus ou moins que l'État ? N'en a-t-il pas du tout ? Supposons résolu ce problème qui n'est pas simple ; admettons que le père soit libre d'élever son enfant comme il le désire, de lui « imprimer » dans l'esprit ou de lui faire « imprimer » par d'autres des formules que l'État refuse de garantir.

En fait, le père est-il toujours digne de cette liberté ? Je lui reprocherais plutôt de ne pas s'en servir et d'oublier qu'un droit implique des devoirs.

Combien de pères, dans nos campagnes, se préoccupent de ce qui se passe à l'école ou à l'église ? Qu'est-ce que cette liberté qui consiste à se débarrasser de son enfant quatre ou cinq heures par jour, et à se désintéresser, par veulerie ou par ignorance, des leçons qu'il reçoit de l'instituteur ou du curé ?

Mais, dira-t-on, entre autres droits naturels, le père de famille a celui de ne pas être un savant.

D'accord ; aussi, je ne choisirai qu'un exemple à la portée de tous. Presque tous les pères de famille, quelques-uns par religion, le plus grand nombre par habitude et par faiblesse, envoient leurs enfants au catéchisme.

Comment se fait-il que les derniers n'aient pas la curiosité de relire ce catéchisme qu'ils ont appris eux-mêmes, quand ils étaient petits ?

C'est un droit et c'est un devoir. Ce serait logique, ce contrôle du père sur l'enseignement donné au fils, et si le catéchisme fait du bien aux enfants, il ne peut pas faire de mal aux papas.

Ne dites point que vous n'avez plus le temps. C'est une lecture d'une centaine de pages. Il y en a pour une soirée.

Ne dites pas que vous avez une bonne mémoire et que vous vous rappelez mot à mot ce petit livre. Aucun de vous ne se doute de ce qu'il renferme.

Pères de famille de quarante ans, relisez-le une fois, rien qu'une fois, et quand vous l'aurez lu, vous resterez libres d'envoyer vos petits au catéchisme, mais au moins, vous saurez ce que vous faires : vous ne le savez pas.

(*Écho de Clamecy*, 13 *mars* 1904.)

IV

Êtes-vous pour les Russes ou les Japonais ? Je suis, moi, pour que cette guerre, ridicule et ennuyeuse, finisse vite et qu'on n'en parle plus.

Je souhaite que le ridicule et l'ennui tuent toutes les guerres et qu'on leur fasse le moins de réclame possible.

Les peuples sont vaniteux comme les individus. Il est rare que deux duellistes se haïssent à mort. Seule, une haine mortelle les excuserait. Ils se battent simplement parce qu'on les regarde. Ils ne veulent pas prouver qu'ils sont forts aux armes, mais qu'ils font bonne figure sous les armes. Un homme qui a reçu un petit coup d'épée, si ça ne lui fait pas trop mal, se promène joyeux comme après une action d'éclat.

C'est la même chose entre peuples. Jetez les yeux sur une carte. La Russie n'est-elle pas assez grande pour rester chez elle ? Si, mais elle veut infliger une leçon aux Japonais. Quant aux Japonais, ils tiennent à montrer qu'ils sont terribles, quoique petits. Japonais et Russes donnent d'ailleurs d'autres prétextes, mais des prétextes de barbarie et de violence, ce n'est pas difficile à trouver.

Et la galerie des guerriers en pantoufles et en robe de chambre se réjouit et compte les coups. On blague les pacifistes, on les traite de « flasques ».

Tel héroïque monsieur, gros et gras, au coin de son feu, se passionne. Il n'est pas soldat, mais la guerre des autres le fait mieux digérer. Il encourage et conseille ; s'il n'avait peur des balles, il irait panser les plaies des adversaires, pour les remettre en état de continuer la lutte.

Ce sentiment est plus odieux que la guerre elle-même.

« En 1813, écrit le général Bonnal, qui n'est pas un général pour rire, tous les fruits de la bataille de Dresde ont été perdus, parce que, le lendemain de la victoire, Naopléon fut pris de coliques. »

À cause de cette colique, il fallut recommencer.

C'est charmant !

Que le Napoléon russe ou japonais ait demain la colique et des milliers de ventres peuvent être étripés.

Vive le pauvre soldat, russe ou japonais – dans ses foyers – et à bas la guerre !

(*Écho de Clamecy*, 19 *mars* 1904.)

V

Je ne sais pas au juste pourquoi M. le docteur M… a été révoqué.

Si j'avais, d'ailleurs, à parler de M. M…, je le ferais avec le respect dû à un homme de son âge et de sa qualité et avec une gratitude de touriste pour l'amateur d'art qui a créé le musée de Montsauche.

Mais comme j'ai lui qu'on lui reprochait d'oublier certains articles de la loi municipale, je ne puis m'empêcher de faire quelques réflexions.

Je suppose que M. le préfet de la Nièvre n'a pas l'illusion de croire que tous les maires de nos villages et leurs conseillers savent par cœur la loi municipale. Si, dans une de ses tournées, il les examinait un à un, il aurait de joyeuses surprises.

Je ne suis pas un ardent conseiller, mais je n'ai point perdu ces quatre dernières années et je leur dois une petite collection de notes, les unes amusantes, les autres affligeantes.

Je les résume ici, sans donner des noms de personnes ou de villages, car c'est un peu partout la même chose.

Tel conseiller, une fois élu, s'aperçoit qu'il n'a pas vingt-cinq ans et que son élection est nulle.

Tel autre ignore que la loi municipale existe.

Tel autre vote *non* et croit sincèrement qu'il a voté *oui*.

Tel autre ne dit jamais ni oui ni non.

Tel autre n'a pas lu un seul des procès-verbaux qu'il signe.

Et tel autre qui mourait d'envie d'être conseiller aime mieux fumer sa pipe au coin du feu que de faire cent mètres pour aller à la mairie.

J'ai connu un maire qui ne savait pas ce que c'est qu'une majorité absolue.

Un autre maire préside la séance où ses comptes devraient être discutés et ne le sont pas.

Celui-là ne souffle mot de ses dépenses imprévues, et pas un conseiller n'est curieux de les connaître.

Celui-là se garde de lire une circulaire ministérielle qui le gêne, et personne ne réclame cette lecture.

Celui-là n'affiche ni convocation ni délibération.

Celui-là demande l'avis du conseil, se met d'accord avec lui, et le lendemain c'est comme si on n'avait rien décidé, et le conseil ne proteste pas.

Celui-là se contente du titre de maire et laisse la besogne au secrétaire qui, parfois, en abuse avec perfidie.

Celui-là…

Mais je n'en finirais plus.

Si vous croyez que j'exagère, prenez ma place de conseiller : c'est le moment.

(*Écho de Clamecy*, 27 *mars* 1904.)

VI

Voici, d'après Renan, dans son livre *Les Apôtres*, comment se forma la croyance à la résurrection de Jésus.

Jamais Jésus vivant n'avait dit qu'il ressusciterait dans sa chair.

Ses disciples, après sa mort, pleuraient, désolés, croyaient tout fini. Ils pleuraient Jésus, comme nous pleurons un être aimé. Ils ne se révoltaient même pas, comme fit Omar qui, Mahomet venant d'expirer, sortit de sa tente, le sabre à la main, et déclara qu'il abattrait la tête de quiconque oserait dire que le prophète n'était plus.

Le caveau provisoire de Jésus était taillé dans le roc, et sa porte fermée, sans serrure, par une lourde pierre qui le protégeait contre les profanateurs de tombeaux.

Le dimanche matin, de bonne heure, les femmes galiléennes qui, le vendredi soir, avaient embaumé le corps, se rendent au caveau. Marie de Magdala arrive la première. Elle voit, avec surprise et douleur, la pierre déplacée, le caveau ouvert ; le corps n'y était plus. L'idée d'une profanation lui vient à l'esprit. Elle court à la maison où Pierre et Jean sont réunis.

« On a pris le corps de Jésus, dit-elle, et nous ne savons pas où on l'a mis. »

Les deux disciples s'élancent et s'assurent que Marie a dit vrai. Ils se retirent chez eux pleins de trouble.

Marie reste seule au bord du caveau. Elle pleure son maître adoré, ce corps disparu, qu'elle ne peut plus toucher.

Dans cette crise, elle croit entendre un bruit derrière elle. Un homme est debout. Elle croit que c'est le jardinier. Mais la vision parle et l'appelle « Marie ! » ; elle reconnaît la voix de Jésus, se précipite aux pieds de l'ombre qui disparaît.

Marie est ainsi le premier témoin de la résurrection.

Ivre de joie, elle rentre dans la ville et dit aux disciples : « Je l'ai vu, il m'a parlé ! »

Quelques-uns la prennent pour une folle. Mais Pierre et Jean disent qu'ils ont vu le tombeau vide.

D'autres disciples vont au tombeau et voient de même le tombeau vide.

Les disciples de Jésus, sans culture intellectuelle, étaient les plus simples des hommes.

La conviction naît rapidement que Jésus est ressuscité. Le fantôme, créé par les sens délicats de Marie exaltée, s'impose à tous comme une réalité. De nouvelles visions se modèlent sur la sienne ; elles se produisent surtout le soir. Les femmes qui n'ont pas vu Jésus, ou un ange, ont vu au moins un homme vêtu de blanc.

L'imagination travaille et se prête aux embellissements. Chacun contribue pour une part à la légende ; personne ne veut rester en arrière ni convenir qu'il est moins favorisé que les autres. Et ceux-là seuls se taisent qui savaient le secret de la disparition du corps.

Après Jésus, c'est Marie de Magdala qui a le plus fait pour la fondation du christianisme.

(D'après RENAN).
(*Écho de Clamecy, Pâques* 1904.)

VII

« La campagne à présent n'est pas beaucoup fleurie », comme dit Cléante à Orgon, dans *Tartufe*.

Des violettes, des primevères de champ ou de jardin, et c'est tout. Quant aux arbres, ils hésitent. Même les précoces marronniers refusent de s'ouvrir. La nature sommeille et tremble comme un chien mouillé. Seuls, les pissenlits ont été ponctuels.

Chaque soir, les femmes peuvent aller à la salade. Par les prés, au bord de la rivière, où le pissenlit pousse plus blanc, on voit ces dames se courber jusqu'à terre. Elles avancent à petits pas, et montrent au soleil qui se couche leur respectable postérieur.

Un bourgeon qui ne se met pas en retard, c'est le bourgeon électoral. Il se gonfle déjà de sève à éclater et pullule. On dirait une espèce de rougeole chronique accompagnée de fièvre.

Ce mois d'avril sera désagréable aux hommes sensibles.

S'ils ont l'honneur d'être maire, adjoint ou simple conseiller, ils n'osent plus sortir, saluer, ni tendre la main. Ils se font l'effet d'offrir une liste ou de réclamer un bulletin. Ça devient agaçant.

Et l'électeur prend des mines sournoises.

Le voilà maître pour quelques semaines. Il semble répondre : « Va, mon vieux, fais des manières, je t'écoute, je te regarde, et tu ne sauras rien : ma femme, qui est plus curieuse et plus maligne que toi, ne sait jamais pour qui je vote. »

Quelle variété de malades, de candidats !

L'un affecte d'être tranquille, sûr de la victoire. C'est une excellente méthode. Elle impressionne l'électeur mollasse.

L'autre répète depuis six mois qu'il s'en f... et il verdit comme le blé en herbe à l'idée qu'on peut lui voler sa place.

Un autre fait des plaisanteries qui ne sont pas nouvelles : il a justement besoin d'une veste, etc., etc. C'est le candidat comique. Le quatrième se recueille. Il ne souffle mot. Cependant on devine, à sa façon grave de marcher, et de s'arrêter quand il se croit seul, qu'il médite un noir dessein.

Lequel ? Mystère ! Il le dévoilera la veille du grand jour, à la dernière minute. Ce sera terrible.

Tiens, au fait, moi aussi, je suis conseiller. Qu'est-ce que je rumine ?

Je tâcherai de le dire avec franchise dans ce vaillant petit journal où j'ai le droit de penser en toute liberté et où je m'efforce de le faire sans choquer personne.

À ce propos, on me répète cette parole naïve :

« Quand M. Renard sera fatigué, il s'arrêtera. »

D'abord, ce n'est pas sorcier comme réponse et puis c'est une erreur. Ça ne me fatigue pas plus d'écrire que ça ne fatigue certains oisifs de ne rien faire.

J'écrirai donc à mes chers « pays et payses », ici ou ailleurs, sous cette forme ou sous une autre, jusqu'à l'heure de la mort, et comme il n'est point impossible que je vive encore une vingtaine d'années, je n'ai pas fini !

(*Écho de Clamecy*, 10 *avril* 1904.)

VIII

Au dernier de mes voyages à Chaumot, le fidèle Simon m'a dit avec fermeté :

— Je n'en veux plus, j'ai été vingt ans du conseil, quatre années adjoint, ça fait mon compte : laissez-moi cultiver le jardin.

Le fidèle Simon, qui n'a pourtant pas lu *Candide*, de Voltaire, parle avec la même sagesse et je ne me sens pas la force de le blâmer. Je reconnais que ses quatres dernières années surtout lui donnent droit au repos. Adjoint sans l'avoir désiré, républicain avec des maires réactionnaires, maire lui-même, deux fois, par intérim, à des heures troubles, jalousé, suspecté, critiqué, mal défendu, Simon ne portait pas, comme écharpe, une guirlande de roses.

Je suis sûr qu'on le regrettera. Il avait des qualités sérieuses ; il connaissait bien le pays et les gens ; il ne craignait pas de dire sa pensée aux séances ; serviable, quoique un peu défiant, il était toujours près de la mairie ; on s'adressait à lui plus souvent qu'au maire, trop loin. Les satisfaits ne le remerciaient pas et les mécontents lui mettaient tout sur le dos. Seuls, des grincheux sournois se réjouiront de sa retraite, ce qui n'est ni délicat ni prudent, car c'était un homme utile et ils ne savent pas quel sera son successeur.

Puisque le fidèle Simon, afin d'épargner à ses collègues le chagrin de l'effacer de leur liste, s'efface lui-même, je n'ai qu'à suivre son exemple.

Sans lui, je ne peux rien à Chaumot. Oh ! je crois (si je me trompe, pardonnez-moi, vous qui êtes modestes !) que je serais élu conseiller. Je pense que je n'ai pas perdu, malgré les hostilités sourdes, mes *trente et un* électeurs, volontaires et libres, de 1900. Mais, une fois conseiller, que voulez-vous que je fasse ? Rien. Faut-il m'expliquer davantage ? À quoi bon ? Quelques électeurs de Chaumot connaissent et comprennent la vérité exacte. Cela me suffit. Je me retire sans rancune. L'ingratitude hypocrite me met en colère comme les autres hommes, mais ça ne dure pas, et le reste du temps elle me fait pitié.

Et c'est inutile de me dire que Chaumot se passera bien de moi : je le sais !

*

Me voyant libre, des électeurs et, M. le maire en tête, des conseillers de Chitry, que je n'ai aucune raison de ne pas croire sincères, me disent :

– Venez chez nous. C'est votre pays et ce n'est pas loin, il n'y a que le canal et la rivière à traverser. Un de nos conseillers des plus estimés, qui a besoin, lui aussi, de vivre tranquille, vous cède sa place ; prenez-la !

Après réflexion, j'accepte. J'accepte la candidature, car, pour la place, elle dépend des électeurs. Il ne faut jurer de rien, mais j'ai confiance.

Chitry a gardé le souvenir de mon père, qui n'allait pas à la messe, mais qui avait une haute idée de la justice et de ses devoirs d'honnête homme. Chitry espère sans doute que je ne serai pas indigne de cette mémoire. Je tâcherai. Notre liste est excellente. C'est d'ailleurs la même, sauf un nom nouveau, le mien. Pour qu'elle passe toute entière, nos amis n'ont qu'à le vouloir franchement.

Si quelques candidats, ce que j'ignore, sont moins ardents républicains que les autres, j'espère qu'ils s'échaufferont vite, et que nous seront bientôt d'accord pour faire aimer de plus en plus, contre ses ennemis, la République sans laquelle le progrès humain, matériel ou moral, est impossible.

Et pour finir toujours avec bonne humeur, je déclare que si je ne réussis pas mieux à Chitry qu'à Chaumot, je ne me découragerai pas ; je chercherai une autre commune. Il y en a trente-six mille en France.

(*Écho de Clamecy*, 24 *avril* 1904.)

IX. Aux Électeurs de Chitry-les-Mines

1er mai 1904.

Voici la liste exacte des candidats républicains : MM. Bertin Jean, maire sortant ; Page Léonard, adjoint sortant ; Rignault Victor, conseiller sortant ; Page François, c.s. ; Vorel Pierre, c.s. ; Rousseau Pierre, c.s. ; Gauthier Léonard, c.s. ; Benoît Léonard, c.s. ; Borneau Louis, c.s. ; Renard Jules.

Je prie les électeurs de ne pas s'amuser au petit jeu des noms effacés et remplacés. Ce serait déraisonnable et même dangereux. Il n'y a jamais rien à faire, nulle part, sans sérieux et sans franchise. Si vous voulez, à la mairie, un conseil qui travaille bien d'accord, commencez par lui donner l'exemple de l'union : Votez, comme un seul honnête homme, pour cette liste toute entière, c'est-à-dire pour le bien de notre commune et le progrès de la République.

(*Écho de Clamecy*, 1er *mai* 1904.)

X

Un vent de folie souffle sur le clocher de Chitry !

J'avoue que tant de rage impuissante me stupéfie.

À propos de quoi ces éclats de colère et ce tremblement ?

Suis-je donc seul au conseil de Chitry ? Et si j'arrive avec des projets diaboliques, mes *neuf* collègues ne seront-ils point là pour m'arrêter ?

Jeudi dernier, aux vêpres (ah ! il ne s'agissait guère de l'Ascension !) M. le curé, qui n'a pas lu Voltaire, traitait de Voltaire un de ses paroissiens qui s'était permis de lui signaler une petite erreur commerciale.

Or, ce paroissien peut souhaiter à M. le curé, non seulement l'esprit de Voltaire, mais encore *sa largeur d'idées*, car Voltaire a écrit ces mots textuels dans son « Dictionnaire philosophique » :

« *Un sot prêtre excite le mépris ; un mauvais prêtre inspire l'horreur ; un bon prêtre, doux, ; pieux, ; sans superstition, charitable*, tolérant, *est un homme qu'on doit chérir et respecter.* »

Ainsi pensait Voltaire. Et vous pensez comme lui, sans doute. Votre paroissien, M. le curé, peut donc être fier de l'injure.

Que signifie encore cette brusque apothéose du doyen de Chitry ? Qui vous parle de cette honorable vieillard ? Il doit être bien étonné lui-même d'apprendre, à son âge, qu'il a toutes les vertus et que j'ai tous les vices. Mais qui vous dit le contraire ? Voulez-vous, M. le curé, que nous lui cédions ma place, ou la vôtre ?

En voilà assez !

Je ne répondrai plus à ce « groupe » en délire.

Je prie mes amis de garder leur sang-froid.

Avant peu, Chitry verra, s'il ne le voit déjà, de quel côté se trouvent la raison, la *tenue* et l'esprit du bien.

(*Écho de Clamecy*, 15 *mai* 1904.)

XI

Me voilà maire de Chitry, au service de tous, y compris *le Groupe*. J'espère que, par respect de soi-même, il n'en abusera pas.

Suis-je plus fier qu'avant ? Je crois que non. Le plaisir d'un succès électoral ressemble à tous les autres : il dure peu et laisse vite la place aux devoirs.

Mais il s'est passé dimanche à Chitry quelque chose de rare que je tiens à signaler aux lecteurs de *l'Écho* : je ne suis maire, ni par habileté, ni par hasard, ni par violence. Je le suis parce que notre camarade Pierre Bertin m'a offert sa place, et parce que notre camarade Léonard Page a offert sa place d'adjoint à Pierre Bertin. Ils l'ont fait simplement, républicainement. Ils diront que je n'ai pas accepté du premier coup ; mais plus je trouvais d'objections, plus ils trouvaient de raisons. Je leur exprime ici ma gratitude, non point pour leur cadeau, quel qu'en soit le prix, mais pour leur façon de me l'offrir. Et ils savent que si plus tard, l'intérêt de la commune l'exige, Bertin reprendra sa place et Page la sienne, avec la même liberté.

Voilà comme nous sommes à Chitry.

Et tous les conseillers ont approuvé Bertin et Page et suivi leur exemple. Je dis *tous*, sans exception, car le nouvel élu nous a montré, par sa bonne attitude, qu'il ne nous gardait pas rancune. Je l'en remercie.

De sorte que, grâce à mes collègues, dimanche fut une belle

journée de paix, d'agrément et de confiance.

Pourvu que ça dure !

Oui, sans doute.

Eh bien ! ça durera, d'abord parce que nous ferons le nécessaire, ensuite parce que, si ça ne durait pas, les mécontents seraient trop contents.

(*Écho de Clamecy*, 22 *mai* 1904.)

XII. Joseph Morin

Je ne sais quel poëte américain a dit : « Si tu veux labourer droit et profond, pousser allègrement ton sillon jusqu'au bout, accroche ta charrue à une étoile. »

Voilà une belle parole et je l'applique à Joseph Morin.

Courbé, pour vivre, sur la terre, il lève les yeux le plus haut possible.

Morin est un paysan, et c'est un poëte.

Poëte paysan, quelle jolie union de mots !

La première fois que je lus des vers de Morin, je demandai à un paysan :

– Quel homme est-ce ?

Et ce paysan étonné, qui ne lisait ni les vers de Morin, ni d'autres vers, me répondit :

– C'est un homme comme moi. Il a un petit bien, il le cultive ; ce soir, à l'heure qu'il est, vous le trouverez dans ses champs, derrière sa vache.

Depuis, j'ai souvent vu Morin, causé avec lui, et peu d'hommes m'intéressent davantage. Certes, Morin est paysan d'abord. Il ne le cache pas, loin de là. Il peine comme les paysans. Comme eux, il vit sobrement ; pas plus qu'eux, il ne néglige ses terres et, pas plus qu'eux son travail ne l'enrichit, mais il possède une richesse que presque tous ignorent et que tous devraient acquérir : un idéal !

La journée finie, la soupe avalée, Morin se rapproche de sa lampe. Tantôt, il lit des vers de Lamartine et de Victor Hugo ; il les admire et il les comprend ; tantôt, à la plume ou même au crayon, sur n'importe quel bout de papier, il écrit « ce qui lui passe par la tête », une poésie, une scène de théâtre, un chapitre de roman.

Les lecteurs de *l'Écho* lisent ses articles et goûtent, comme moi, leur saveur âpre et personnelle. Il reste de la terre à ces doigts qui tiennent ce porte-plume.

Je plains les pédants qui sourient et ne reconnaissent pas l'effort intellectuel de ce laboureur entêté !

Il ne s'agit pas, pour Morin, d'illustrer la littérature française et de rédiger des modèles de style académique, il s'agit de dire, comme il peut, ce qu'il veut dire.

Quelquefois, je l'avoue, Morin se trompe ; il exagère ou frappe à tort et se blesse lui-même à la pointe d'un outil manié trop vite ; mais ceux qui savent, par expérience, avec quelle facilité le mot juste nous échappe, ceux-là considèrent Morin comme un paysan de mérite qui tâche d'exprimer à sa manière son âme de paysan.

Parce qu'il a souffert de l'ignorance, de la sienne et de celle des autres, il lutte contre elle, en lui et autour de lui. Résigné à sa médiocre vie matérielle, il se relève par la pensée. Il se fait une haute idée du rôle futur des paysans, ses frères. Il les voudrait de plus en plus éclairés et conscients.

Ah ! que le paysan prenne garde ! ses flatteurs lui disent, la bouche ronde : « Tu es malin, cher ami, n'écoute pas les *bêteries* ; personne n'en sait plus long que toi ! »

Non, ce n'est pas vrai. Le paysan utilise mal ses qualités, et il a presque tout à apprendre.

Ils font une vilaine besogne électorale, ceux qui le grattent où ça le démange, c'est-à-dire au gousset ; qui lui chantent l'éternel refrain sur les impôts, et le menacent du socialisme partageux. Mensonges ! Fantômes ! Le riche a peur : lisez ses affiches, il restitue déjà, il rend, il dégorge, et il voudrait communiquer sa peur au paysan, comme si le paysan avait quelque chose à craindre d'une société refaite selon la justice ! C'est une honte de lui parler toujours bassement de ses besoins vulgaires et de le traiter comme un avare. Le paysan n'a pas qu'un porte-monnaie, il a aussi un cœur et un front. Il est temps de s'adresser à ce cœur et à ce front.

Il ne suffira pas que le paysan ait moins de misère. Il faut encore qu'il devienne meilleur, plus moral, plus noble, plus humain. Aimer la République par intérêt, quand ça ne coûte rien, ce n'est pas devenir républicain, c'est rester égoïste. La République ne doit pas descendre, à tout prix, jusqu'au paysan, le paysan dévoué doit monter jusqu'à la République.

C'est ce que vous faites, mon cher Morin, et ce que vous conseillez de faire, dans la mesure de vos forces et de votre intelligence. Ne vous découragez jamais. Le progrès, qui paraît lent, va plus vite qu'on ne croit. Songez au sort pitoyable du paysan sous Louis XIV, et calculez qu'il n'y a pas cent quatre-vingt-dix ans que Louis XIV est mort. C'était hier ! Et la République commence !

Honneur au paysan Joseph Morin ! Il vit pauvre de fortune et riche d'idéal. Il accroche sa charrue à une étoile !

(*Écho de Clamecy*, 28 *août* 1904.)

Jaurès au Trocadéro

De l'accent, oui, mais on sourit à peine. D'ailleurs, c'est l'accent de l'airain. Il gênerait peut-être, si la voix manquait de force, mais elle nous emplit l'oreille, le crâne, elle bat toutes nos parois ; nous ne pouvons plus entendre qu'elle ; impossible de comparer.

Jaurès va et vient sur la scène, au bord, comme un bon fauve sorti de sa cage parce que ses barreaux lui donnaient l'air d'avoir peur. Il parle plus souvent à sa gauche et à sa droite qu'au public lointain. Sans doute il cherche, il tire à lui les visages. Il veut parler de près, dans des figures.

Il varie peu ses gestes courts mais bien chargés de vie. Les bras se relayent. Une main se repose dans la poche ou derrière le dos. L'autre, d'un doigt, désigne le sol (Jaurès explique alors, affirme et met en demeure), ou, du même doigt, elle frappe, à petits coups violents, horizontaux, elle ne se lasse point de frapper, au front, les milliers de têtes.

Quelquefois, pour achever une période, les deux bras se lèvent ensemble et s'agitent, éperdus, mais l'homme massif tient à la terre.

Quand on l'interrompt, Jaurès dit :
– Comment, citoyen ?

L'interruption s'y prête-t-elle, il l'incorpore dans son discours et riposte avec tant de netteté que l'interrupteur reste coi comme un compère.

Jaurès profite des applaudissements pour boire une gorgée ou passer un mouchoir sur sa barbe orageuse ; si c'est une tempête d'acclamations, il lui fait face, il attend, il regarde. Il n'est ni gêné, ni gonflé. Il semble dire : « C'est tout simple, à votre tour ! »

Le début de chaque reprise est lent et plus la phrase doit être longue, plus Jaurès met de vide entre les premiers mots. Il n'en dit que deux ou trois et s'arrête, que deux ou trois encore. Ce serait inquiétant, si on n'était sûr de ce qui se prépare.

Ses plus belles images, il donne l'impression (elle n'est pas toujours fausse) qu'il les travaille sur place, qu'il se les arrache avec effort ; certains mots craquent comme des racines. Puis soudain l'image jaillit, monte libre et se développe, une image de prosateur lyrique, pleine, importante et claire, qui plane en sécurité sur la foule. Cette image a des traits connus et des traits nouveaux. Elle était là, près de nous, et on croit qu'elle vient de loin.
Ce n'est pas d'ordinaire le dernier mot de la phrase qui fait le plus d'effet. Cette phrase a son sommet un peu avant sa fin. La voix éclate au sommet et baisse brusquement, comme si Jaurès ne tenait pas aux

derniers mots, comme s'il les jetait, inutiles, sous la vague d'enthousiasme déjà à ses pieds.

Cet accord précipité de l'orateur et du public, cette mêlée finale des deux « monstres », c'est très beau.

Et on admire ce que Jaurès peut faire entrer, ordonner dans une phrase. Je me souviens qu'il y avait, dans l'une d'elles, tout l'univers, et non seulement l'univers visible, mais encore l'univers possible, l'univers qui pourrait (emprunt, je crois, à Victor Hugo) remplacer demain l'univers d'aujourd'hui, et cette même phrase affirmait que l'idéal laïque est illimité, sans autre dogme que le dogme de l'infini.

Nous haletions. Nous nous sommes dressés pour battre des mains et mon voisin, un petit vieux qui trépignait et qui n'était venu que *voir* Jaurès, me cria, tout blanc :

– Ah ! Monsieur, quel malheur d'être sourd !

En Tacot

Octobre 1906.

On l'appelle aussi casse-côtes, parce qu'il secoue, comme un van, l'humeur maussade. Il faut bien rire, avec tout le monde, de ce qui paraît drôle sur le moment et ne le sera plus au souvenir.

*

Un vieux s'assied en face d'un soldat, et familier :

– Troisième bataillon de chasseurs ?

– Oui.

– Moi, il y a quarante ans, j'étais aux zouaves ; qu'est-ce que je dis, quarante ans ! quarante-sept ! Quelle ville ?

– Saint-Dié, répond le soldat.

– Saint-Dié ! oh ! la, la ! s'écrie le vieux. Ah ! le beau pays de France ! Saint-Dié ! Saint-Dié ! si encore c'était Nancy.

– J'aime mieux Saint-Dié, dit le soldat.

– Allons ! je connais Saint-Dié et je connais Nancy, réplique le vieux, Nancy, c'est une ville, Saint-Dié, ce n'est rien.

– Je ne dis pas, mais moi…

– Saint-Dié, peuh ! Nancy, à la bonne heure !

– Oui, mais moi…

– À Nancy, il y a d'abord la place Stanislas.

– Oui, mais…

– Et il y a les femmes ! Malheur ! les belles femmes !

– Et à Saint-Dié ! riposte le soldat comme s'il prenait la défense de sa bonne amie.

– Non, jeune homme, dit le vieux, les femmes de Saint-Dié ne valent pas celles de Nancy, pas près. Ah ! les jolies femmes de Nancy, des vrais cœurs, des petits beurres…

Le reste se perd dans le bruit du Tacot.

*

Un instituteur se prodigue en l'honneur d'un petit gars :

– Et le département des soixantes minutes, le connaissez-vous ?

– Non.

– L'Eure.

Le petit gars se tord. L'instituteur redouble et demande :

– Savez-vous le métier de cet homme ?

– Lequel ?

– Celui-là, derrière vous.

– Ma foi non.

Il fabrique de la fausse monnaie.

– Ah !

– Il attache deux sous et ça fait deux sous liés.

– Comprends pas.

– Des sous liés, des souliers, des chaussures : c'est un gnaf !

Le petit gars n'en peut plus. Il trépigne et, après s'être roulé sur la banquette, il s'écrie :

– Je dirai à papa que je ne me suis jamais tant amusé !

Qui est-ce le papa ? un député, sans doute. L'instituteur aura peut-être, enfin, le poste qu'il désire.

*

Une noce, ou plutôt un lendemain de noce : des figures lasses, des marques fripées, des toilettes défraîchies. On cherche les mariés. Ils dorment encore, chut ! – C'est l'heure de la dislocation générale. Tous s'embrassent, sauf deux vignerons vermeils, qui se balancent debout, discutent et espèrent que le vin ne se vendra pas trop mal cette année, s'il leur en reste, car à les voir...

*

Une bonne grosse paysanne dans un coin. Elle rit de la bouche et des yeux à toute chose, aux affiches, au plafond, aux anges ! C'est encore pour elle un étonnement joyeux de rouler comme ça, sans chevaux, sans avoir le souci de conduire.

*

Un brave homme s'efforce d'être paternel avec une petite fille confiée à ses soins. Aucun succès.

Il finit par lui dire :

– Quand nous serons arrivés, je vous payerai un gâteau à la crème.

– J'aime pas la crème, répond la petite rechignée.

– Vous me laisserez la crème et vous mangerez le gâteau.

– J'aime pas les gâteaux.

– Ah ! qu'est-ce que vous aimez ? le gibier ?

À ce mot, la petite éclate de rire pour la première fois de la journée.

Le brave homme rit aussi, un peu étonné (il n'est pas le seul,) que ce simple mot ait produit tant d'effet.

*

Le Tacot est féministe. Il y a des « cheffesses » aux petites gares. Il ne faut pas croire que ces dames se ressemblent toutes, d'après un modèle administratif invariable. Celle-ci, par exemple, ne fait que bougonner. Elle était occupée à son ménage ; le Tacot la dérange. Son ragoût va brûler ! Les voyageurs ne pourraient-ils pas rester chez eux ? Elle reçoit ses colis comme s'ils se trompaient d'adresse. La ficelle qui attachait une douzaine de sabots se casse. Les sabots tombent pêle-mêle sur le quai. Ah ! tant pis ! chaque pied reconnaîtra le sien.

Cette autre « cheffesse » est plus distinguée.

Polie, coquette, le cou dégagé, on dirait qu'elle est venue à la gare en voisine. Elle se retrousse en passant sur les rails.

Elle tient ses feuilles d'expédition comme une lettre qu'elle porterait au train parce qu'elle a le temps, que c'est aujourd'hui dimanche et qu'il fait bon se promener.

Elle ne donne pas le départ au Tacot avec le sifflet réglementaire. Elle fait un léger signe de tête : « Allez-vous en, si vous voulez, moi je reste. »

*

Mais à droite et à gauche, le paysage est d'une beauté qui ferait taire les plus bavards.

L'automne épand sur les bois sa couleur locale.

Les arbres cessent de former une masse verte confuse. Chacun prend sa teinte personnelle et se prépare à l'hiver selon ses habitudes annuelles. Celui-là jaunit par la tête, et celui-là laisse ses feuilles mourir toutes à la fois. L'automne va bien à notre pays. Le printemps et l'automne, voilà ses deux parures préférées, avec un petit faible pour l'automne. C'est une saison qui n'a pas besoin d'histoires romanesques. Les gens vagues, qu'on écoute à peine et qu'on ne verra plus, suffisent à ce fin décor. La vraie vie intérieure commence. Le frisson brusque et sans cause connue, que les arbres se transmettent en une courte agitation, passe au cœur de l'homme soudain grave et le laisse longtemps troublé.

Bibliographie

Année 1908

Extrait du *Journal général de l'imprimerie et de la librairie* :
Mots d'écrit, par Jules Renard. Nevers, impr. Debret, libr. Ropiteau. 1908. In-16, 120 p. 2 fr. 50. *Les Cahiers nivernais*, 1er et 2e fascicules. Octobre et novembre 1908. [2355.]

Extrait du *Catalogue général de la librairie française*. Tome XXII Période de 1906 à 1909 :
Mots d'écrit. In-16. 1908. Nevers, Ropiteau. *Les Cahiers nivernais*, 1er et 2e fascicules. Octobre et novembre 1908.

Mots d'écrit et la critique

Gustave Rouanet, l'*Humanité*, 30 novembre 1908 :

M. Cornu entreprend la publication des *Cahiers Nivernais* mis à la mode par le succès des *Cahiers de la Quinzaine.* La Nièvre fut la patrie de Claude Tillier, le pamphlétaire dont le nom eut une heure de vogue méritée sous la monarchie de Juillet. C'est dans un journal de Nevers que parurent quelques-uns de ses pamphlets et ce petit chef-d'œuvre sans exemple dans la langue française : *Mon Oncle Benjamin.* Tillier était de Clamecy, comme Jules Renard. Sans doute, il n'y avait pas de journal à Clamecy, en 1840, sans quoi Tillier n'eut pas écrit dans le journal de Nevers. Jules Renard, lui, écrit dans l'*Écho de Clamecy.* Et ce sont les pages parues dans l'*Écho* qui composent les fascicules 1 et 2 des nouveaux cahiers. Je voudrais que les notabilités politiques et littéraires suivissent l'exemple de Jules Renard, qu'elles réservassent un peu des trésors de leur esprit pour la presse de leur pays. Je sais bien qu'en l'état de choses présent, la décentralisation littéraire est une chimère. Mais quand on possède le capital de talent d'un Renard il est généreux et noble de ne pas le dépenser tout entier à Paris et d'en consacrer une partie à la délectation de ses compatriotes. Les articles de l'*Écho* sont réunis sous ce titre : *Mots d'écrit.* Ce sont des bijoux de polémique locale. Car Renard prend une part active à la politique de son village. Il a même eu maille à partir avec son curé, tout comme Courier. Et je vous laisse à penser si sa polémique est savoureuse et fine... Les *Cahiers nivernais* paraissent tous les mois, sauf en août et septembre, et le prix d'abonnement est de 5 francs par an.

Camille Bloch, *les Nouvelles*, 21 janvier 1909 :

M. Jules Renard, romancier, conteur, artiste, vous le connaissez et admirez.

Mais à ceux qui aiment déjà l'écrivain, je conseille de faire connaissance avec un autre Jules Renard, homme politique et journaliste de province, ancien conseiller municipal de Chaumot, maire de Chitry-les-Mines, délégué cantonal, rédacteur à l'*Écho de Clamecy*, « journal républicain indépendant ». Je devrais l'appeler politicien rural et journaliste rural ; car, dans le petit recueil d'articles paru sous ce titre emprunté au parler paysan : *Mots d'écrit*, que M. Paul Cornu a eu l'heureuse idée de publier en tête de sa collection « les *Cahiers Nivernais* », il est question des minimes affaires politique de deux infimes villages. La façon dont M. Renard parle des gens et des choses les rend importants et représentatifs. C'est pourquoi ces articles d'un petit journal de petite sous-préfecture forment un véritable document historique.

Certes, M. Renard n'est pas un témoin impartial de la vie politique rurale ; il est de son parti, carrément. C'est un républicain, « un rouge ». Il repousse les dogmes religieux, mais il croit à la vertu de l'instruction laïque, et que, grâce à elle, le sort du peuple deviendra meilleur. Quand la conscience des gens de la campagne sera vidée des préjugés qui l'aveuglent et l'aigrissent et l'accablent, quand les intelligences populaires ne seront plus ni si soupçonneuses, ni si crédules, alors l'oppression des curés et des riches cessera, et un peu plus de bonheur social viendra aux paysans par leur propre initiative d'hommes libres. Les âmes républicaines dans les institutions républicaines, telle pourrait être la devise de M. Jules Renard. Je ne dis pas qu'en cette devise tout son idéal politique soit enfermé ; c'est celui qu'il a principalement exprimé dans ses *Mots d'écrit*. Les snobs des salons ou du boulevard trouveront cela bien peu distingué et bien rebattu, pour un écrivain raffiné ; mais, M. Renard, sous un style délicieusement sournois, a toujours laissé voir une prédilection pour les cœurs sans détours et fermes. Maintenant qu'il s'adresse aux lecteurs de l'*Écho de Clamecy*, il ne montre pas seulement des sentiments simples, il les exprime dans le style le plus direct et le plus franc. Oui, c'est avec une simplicité sans apprêt, la belle simplicité du cœur qui « y est », qu'il dit son ambition de « faire aimer de plus en plus, contre ses ennemis, la République, sans laquelle le progrès humain, matériel ou moral, est impossible ». Oui, il ne dédaigne pas de terminer un bref appel aux électeurs tout uniment par cette phrase vue si souvent sur les murs, mais qui, sous sa plume, s'enrichit, comme par miracle, de plus de sens et de plus de portée : « Votez comme un seul honnête homme pour cette liste tout entière, c'est-à-dire pour le bien de notre commune et le progrès de la République. »

M. Jules Renard a de l'affection pour les paysans de Chaumot, de Chitry et de Pazy ; ce sont gens de chez lui, il a grandi parmi eux, les voit tous les ans aux vacances ; il les aime parce qu'ils travaillent, prennent la vie au sérieux, que leurs âmes sont frustes et neuves. Mais sa tendresse est clairvoyante ; il ne se dissimule pas leurs défauts ni ne les leur cache. Leur ignorance surtout le peine. Il en souffre dans sa propre intelligence fraternelle et humaine. Cette ignorance fait les hommes méchants. Ainsi, à la campagne, règne un particularisme local très jaloux, féroce ; beaucoup de gens tiennent pour un « étranger », et traitent en ennemi quiconque n'est pas eux-mêmes, ou n'est pas au moins un fermier capitaliste et, dès lors, « honorable » (qu'importe d'où vient celui-ci et où il est né ! L'argent lui donne droit d'office à un certificat d'indigénat.) Étranger donc le fonctionnaire, étranger l'instituteur, étrangère aussi… Ah ! la triste histoire, que nous conte M. Renard, de cette mère abandonnée avec quatre enfants, enceinte d'un cinquième, forcée de quitter Chitry où elle ne trouve pas de quoi subsister, où elle est sur le point de crever de faim parce qu'elle est une « étrangère ». Et il ajoute : « Ces patriotes de village, ces simples égoïstes plutôt, sont d'ordinaire ceux qui ne manquent pas la messe. Que font-ils donc à l'Église ? Ils n'écoutent donc pas, quand on leur parle de Jésus-Christ, quand on leur explique sa sublime parole sur la fraternité ! » – C'est encore l'ignorance qui fait des électeurs serviles et de pitoyables administrateurs locaux. À la campagne, peu de conseillers municipaux et de maires soupçonnent leurs devoirs, connaissent la loi. Devant les preuves qu'en donne M. Renard, on frémit à la pensée de ce que serait aujourd'hui le régime de la complète autonomie communale.

Je recommande ces pages aux amateurs d'histoire locale, mais aussi aux membres de la commission parlementaire de décentralisation. – Des préjugés farouches, des passions violentes et mesquines, voilà ce que le paysan appelle *ses idées*. Elles ne sont pourtant pas le résultat de la lecture, de la réflexion, de l'exercice de la raison. « Le paysan ne peut pas arriver à comprendre que c'est aussi difficile de cultiver une idée que de faire pousser un chou. S'il ne semait pas de blé, il n'oserait pas dire : « J'aurai, à la fin de l'année, une belle récolte », mais, quoi qu'il ne plante rien ou presque dans son cerveau, il ne cesse de répéter avec orgueil : « J'ai mes idées ! J'ai mes idées ! » Quelles idées ? Où les a-t-il prises ? Combien d'efforts lui ont-elle coûté ? L'ignorance du paysan attristent ceux qui l'observent, surtout parce qu'il a l'air de s'y trouver bien. »

Tous ne sont pourtant pas satisfaits et résignés. On perçoit des sursauts de conscience, on entend de confuses révoltes de la raison. « Un électeur criait l'autre soir, sur la route de Chaumot à Chitry, avec une colère amusante contre lui-même : « Je ne veux plus voter comme une bête ! Je ne veux plus voter comme une bête ! » C'est l'éveil de l'homme libre, son premier dégoût de la corruption multiforme par l'argent, l'alcool, la calomnie, la flatterie, l'insinuation, la menace. Quand, le même soir, M. Renard se trouve réuni avec quelques amis de M…, le candidat républicain blackboulé, tandis que les autres font bombance aux frais du châtelain victorieux, il ne peut se retenir de penser : « Mais, ceux-là, pourquoi sont-ils ici ? Pourquoi ne les a-t-on pas pris avec les autres ? On les a tentés, c'est sûr, mais pourquoi n'ont-il pas cédé ? Qu'attendent-ils de M… ? Rien. Par quel sentiment lui sont-ils restés fidèles ? Est-ce par un sentiment obscur de dignité humaine ? Et ce sentiment d'honneur, ne devrait-on pas chercher à l'entretenir et à le développer ? »

Non, non, M. Renard ne consent pas à l'éternelle infériorité de ses concitoyens, de ses voisins, de ses frères humains. Bon pour les démagogues du château et de la sacristie, de mépriser ce que, à l'*Action Française*, ils appellent « le bêlement humanitaire » ; bon pour eux d'entretenir soigneusement l'inculture, la crédulité, la grossièreté des paysans ; M. Renard déclare que les républicains ont des devoirs plus hauts. « Le paysan utilise mal ses qualités, et il à presque tout à apprendre. Ils font une vilaine besogne électorale, ceux qui le grattent où ça le démange, c'est-à-dire au gousset ; qui lui chantent l'éternel refrain sur les impôts et le menacent du socialisme partageux. Mensonges ! Fantômes ! Le riche a peur : lisez ses affiches, il restitue déjà, il rend, il dégorge, il voudrait communiquer sa peur au paysan, comme si le paysan avait quelque chose à craindre d'une société refaite selon la justice ! C'est une honte de lui parler toujours bassement de ses besoins vulgaires, et de le traiter comme un avare. Le paysan n'a pas qu'un portemonnaie ; il a aussi un cœur et un front. Il est temps de s'adresser à ce cœur et à ce front. Il ne suffira pas que le paysan ait moins de misère. Il faut encore qu'il devienne meilleur, plus moral, plus noble, plus humain. Aimer la République, par intérêt, quand ça ne coûte rien, ce n'est pas devenir républicain, c'est rester égoïste. La République ne doit pas descendre, à tout prix, jusqu'au paysan, le paysan dévoué doit monter jusqu'à la République. » Belles et fortes paroles d'un vrai démocrate !

M. Jules Renard rêve de citoyens libres au cœur élargi d'idéal fraternel ; les autres, d'esclaves résignés aux horizons clos et bas. Lui veut « accrocher la charrue aux étoiles » ; eux veulent l'enliser dans la boue. Ceux qui regardent vraiment le ciel ne sont donc pas ceux qui affectent de tenir les yeux toujours levés au ciel. Ces faux amis, ces vrais ennemis du paysan, c'est le riche propriétaire et le curé, qui ont partie liée contre lui. On voit très bien cela dans le petit livre de M. Renard, et c'est aussi une cause de son intérêt. Quel dommage de ne pouvoir ici suivre les démêlés des gens de Chaumot avec le curé de Pazy et l'évêque de Nevers à propos des enfants du catéchisme, ou « la petite guerre des écoles », entre la laïque, « école du diable », et la congréganiste, « école modèle » ; – de ne pouvoir dessiner les silhouettes de ces bruyants et hautains amis de la liberté qu'on a vu « tourner le dos à deux femmes restées seules et qui ne commettaient d'autre crime que de respecter les volontés dernières d'un chef de famille » libre-penseur ; qui réservent leur pitié chrétienne pour « les petits enfants... des papas qui votent bien ». Quel dommage de ne pouvoir montrer l'institutrice, l'instituteur, et Jean Morin, le laboureur instruit...

Mais lisez, lisez vous-même ce grand petit livre d'histoire contemporaine, cet excellent tableau de la vie rurale vue par l'œil sagace d'un peintre ému. Vous reconnaîtrez que M. Jules Renard a fait, en se jouant avec sérieux, une belle action civique. Le ministre de l'instruction publique donnait naguère, aux applaudissements des lettres, la croix d'honneur à l'admirable auteur de l'*Écornifleur* et de *Sourires pincés*. Parions qu'il lui ferait un plus grand plaisir en mettant dans les bibliothèques populaires ces petits *Mots d'écrit* que traça, pour faire aimer la République en la faisant mieux comprendre, M. Jules Renard, journaliste de province, maire de campagne, délégué cantonal, cœur droit et fervent, démocrate pur.